Leo Tuor
Die Wölfin
La luffa

Aus dem Rätoromanischen von Peter Egloff

Limmat Verlag
Zürich

Ihr naht euch wieder,
schwankende Gestalten
Goethe

Ses antenats vegnevan dil luf. El veva nov onns. En siu vitg mavan da lezzas uras tuts en baselgia la dumengia, dano dus umens. In era in protestant, tschei in valanuot, fuva il verdict dalla mumma.

    Tgei ei in protestant? veva il frar pign dumandau.
    In che va buca en baselgia.
    Daco va el buc en baselgia?
    Perquei ch'el ei in protestant.
    La damonda fuva semurdida ella risposta.

Che ses antenats vegnien dil luf mava tier alla mumma nuot.

Seine Vorfahren stammten vom Wolf. Er war neun Jahre alt. In seinem Dorf gingen damals am Sonntag alle in die Kirche, zwei Männer ausgenommen. Der eine war ein Protestant, der andere ein Taugenichts. Das war Mutters Verdikt.

Was ist ein Protestant?, hatte der kleine Bruder gefragt.

Einer, der nicht in die Kirche geht.
Warum geht er nicht in die Kirche?
Weil er ein Protestant ist.
Die Frage hatte sich in die Antwort verbissen.

Dass seine Vorfahren vom Wolf stammten, ging Mutter nichts an.

Oria, la basatta vegliandra, schai cul nas ensi enta letg sut ils ponns pesanca, clauda liungs muments ils egls. Ins vesa mo il tgau el plumatsch alv. Il tgau ha si capetsch alv da pézs sco las tattas ellas praulas ch'ein enta letg.

Il buob stat sigl esch, cuarcla in egl cul maun e strocla tschel, tochen ch'el vesa mo fuostg, per ch'el sappi fantisar meglier. El fantisescha che mo il tgau seigi leu enta letg. Cu el ha fantisau avunda, imaginescha el l'entira Oria sut ils ponns, aber cun in tgau da luffa sut il capetsch. Lu daventa Oria verda, il nas vegn liungs e plats, ha zatgei dad ina termenta suna da bucca e dentins vargan dalla vart ora sco sch'ella riess.

Oria ei in crocodil cun capetsch da tattas.

La veglia arva ils egls e damonda: Buob, tgei fas? ed el raquenta, ed ella ei impressiunada dil descendent.

Oria fuva buc ina basatta che raschunava dalla Capetscha cotschna. Il luf dad Oria fuva la luffa che schava tittar, la luffa da Roma.

Oria, die greise Stammmutter, liegt Nase zur Decke unter schweren Federbetten, schließt für lange Momente die Augen. Man sieht nur den Kopf im weißen Kissen. Und auf dem Kopf die weiße Spitzenhaube der Großmütter, die in den Märchen im Bett liegen.

Der Bub steht in der Tür, verdeckt ein Auge mit der Hand und kneift das andere zu, um besser fantasieren zu können. Er stellt sich vor, dort im Bett sei nur ein Kopf. Wenn er von dieser Vorstellung genug hat, stellt er sich eine vollständige Oria vor, aber mit dem Kopf einer Wölfin unter der Spitzenhaube. Dann wird Oria grün, ihre Nase wird lang und flach, bekommt etwas von einer riesigen Mundharmonika, und Zähnchen schauen seitlich heraus, als ob sie lachen würde.

Oria ist ein Krokodil mit Großmutterhaube.

Die Alte öffnet die Augen und fragt: Bub, was machst du?, und er erzählt, und sie zeigt sich vom Nachkommen beeindruckt.

Oria war keine Urgroßmutter, die von Rotkäppchen erzählte. Orias Wolf war die säugende Wölfin, die Wölfin von Rom.

Oria veva en tut resti ner, cu ella fuva en pei, e camischa e capetsch alv, cu ella fuva enta letg. Ei deva l'Oria alva e l'Oria nera.

Oria war ganz in Schwarz gekleidet, wenn sie auf war, und sie trug ein weißes Hemd und eine weiße Haube, wenn sie im Bett lag. Es gab die weiße Oria und die schwarze Oria.

El senta ch'el entscheiva a survegnir tgierp cun gnagn.

Daco s'interessescha el per ses antenats? Eis ei bien da saver danunder ch'ins vegn? Eis ei desperau da saver nua ch'ins vegn a vegnir? La segira desperaziun fuss ei stau per siu bab. Quel fuva vegnius blessaus da catscha ch'el veva piars la virilitad, mai vegnius sur quei ora e la finala sgiavlau dieus e ses sogns giu gl'uffiern, schau anavos affons pigns e sefatgs ord ils peis.

La mumma fuva vegnida diraglia. Ella veva survegniu la fatscha liunga dallas femnas stiletadas, buca perdunau al bab. Tgei leva ella far persula cun tschun affons? Funcziuna in um aschi sempel?

La mumma veva dau il buob alla tatta da Vitg, la mumma dil bab. Tuts schevan *il buob* ad el, perquei ch'el veva num sco il bab. Quei num vegneva buca pronunziaus pli en famiglia.

Schiglioc era la tatta buca cumplicada. La tatta fuva l'antenata che fuva aunc cheu absolutamein, quella che representava ils antenats.

Er spürt, wie sich sein Körper regt und dehnt, erwacht.

Warum interessiert er sich für seine Vorfahren? Ist es gut zu wissen, woher man kommt? Ist es trostlos zu wissen, wohin man kommen wird? Die schiere Verzweiflung wäre es für seinen Vater gewesen. Der war auf der Jagd schwer verletzt worden und hatte dabei seine Männlichkeit verloren, hatte das nie verwinden können und schließlich Gott und alle seine Heiligen in die Hölle verflucht, Schluss gemacht und eine Frau und fünf kleine Kinder hinterlassen.

Die Mutter war hart geworden. Sie hatte das lange Gesicht leidender Frauen bekommen, hatte dem Vater nie verzeihen können. Was sollte sie allein mit fünf Kindern anfangen? Funktioniert ein Mann so simpel?

Die Mutter hatte den Bub zur Großmutter von Vitg gegeben, Vaters Mutter. Alle sagten *der Bub,* weil er hieß wie sein Vater. Und dieser Name wurde in der Familie nicht mehr ausgesprochen.

Ansonsten war Großmutter nicht kompliziert. Sie war einfach da, vertrat und verkörperte die Vorfahren.

La tatta da Cuoz vegneva adina cun: Tgei tatta has il pli bugen, quella da Vitg ni quella da Cuoz?

El sefageva ord il latsch cun in tric: Domisduas!

Immer wieder fragte die Großmutter von Cuoz: Welche Großmutter hast du lieber, die von Vitg oder die von Cuoz?

Er wand sich mit einem Trick aus der Schlinge: Alle beide!

«Davart las obligaziuns della hebama enviers svantirai e morts apparents.

Ei sa tgiunsch en scadina vischneunca con pintgia ch'ell'ei dar il cass, ch'in malventireivel carstgieun entras evenements extraordinaris ven en resca da piarder sia veta, ni ch'el en consequenza dad ina malata turbulaziun da tgiau e cor ven schizun sil partraitg da metter il maun vid sia aitgna veta. (...) Penda enzitgi vid il sugett, sche ston ins quel sil zuc taigliar giu. (...) Superstiziuns las pli ridiculas impedeschan savens da spindrar al concarstgieun la veta. L'ins pretenda ch'il sventirau stoppi ristar sil fleitg, trochen ca las parsunas dil magistrat hagien viu el e sepersuadiu dalla visa e maniera da sia mort. L'auters (...) ha tuttavia l'idea ch'il taigliar il sugett dad in pendiu porti zanur, e ca quei seigi ina prerogativa da certa glieut ca sedat giu cun metter din meun las capiergnas; – autramein pertratgia la hebama, la quala ha empriu da stimar pli bein la veta d'in carstgieun. Nua ch'ei sa esser fetschi ella pia cuortas (da taigliar il sugett) da far ina ovra da misericordia.»

Cudisch da Hebamas, 1850

«Von den Pflichten der Hebamme gegen Verunglückte und Scheintodte

Es kann sich wohl in jeder Gemeinde, so klein sie auch ist, der Fall ereignen, dass ein unglücklicher Mensch durch ungewöhnliche Ereignisse in Gefahr kommt, sein Leben zu verlieren, oder durch eine krankhafte Verwirrung seines Kopfes und Herzens sogar auf den Gedanken geräth, Hand an sein eigenes Leben zu legen. (...) Dem Erhenkten muss der Strick sofort abgeschnitten werden. (...) So einfach diese Regel auch scheinen mag, so häufig wird dagegen gefehlt; denn die lächerlichsten Vorurtheile verhindern oft die Rettung des Menschenlebens. Der Eine behauptet, der Verunglückte müsse so lange an dem Orte, wo er den scheinbaren Tod fand, liegen bleiben, bis die Gerichtspersonen ankommen, damit diese sich selbst überzeugen, auf welche Weise der Mensch ums Leben gekommen; der Andere glaubt gar, das Abschneiden des Stricks bei einem Erhenkten sei eine entehrende Handlung, sie sei die Gerechtsame eines gewissen Standes, welche sich mit der Beseitigung todter Tiere abgiebt. – Die von der Wichtigkeit ihres Standes und von dem Werthe eines Menschenlebens durchdrungene Hebamme denke anders. Wo es daher ihre schwachen weiblichen Kräfte erlauben, schreite sie (z.B. durch Abschneiden des Strickes) ohne Weiteres zu diesem Liebeswerke.»
Dr. Jos. Hermann Schmidt's Hebammenbuch, Chur 1850

Daco fa in che pren la veta aunc bogn avon e sescultrescha?

Warum nimmt einer, der seinem Leben ein Ende setzt, zuvor noch ein Bad und kämmt sich?

«Der Rota-Arm (von Ingenieur Meyer von den Rotawerken in Aachen) ist etwas leichter und gefälliger als der Jagenbergsche Arm. In seiner Beweglichkeit geht er über diejenige des menschlichen Armes erheblich hinaus …»

Pieder Paul Tumera, miu tat, numnaus il Turengia, veva si il bratsch cun crutsch, cu ei fuva luverdi, ed il bratsch cun maun ner, cu ei fuva firau. Ei deva il tat da grefla ed il tat da curom.

«Der Rota-Arm (von Ingenieur Meyer von den Rotawerken in Aachen) ist etwas leichter und gefälliger als der Jagenbergsche Arm. In seiner Beweglichkeit geht er über diejenige des menschlichen Armes erheblich hinaus ...»

Pieder Paul Tumera, mein Großvater, Turengia genannt, trug werktags den Arm mit Haken und an Sonn- und Feiertagen den Arm mit der schwarzen Lederhand. Es gab den Großvater mit Kralle und den Großvater aus Leder.

Cu el fuva naschius veva il tat giu in tschaffenun. Priu il pign en bratsch. Quei veseva o, ina protesa che fageva nana ad in pop, ed il tgau pign pign ella termenta palmamaun dil maun che fuva aunc. Il pign greva o la bucca.

La veta ei banala. Perquei tucca ei da variar ella. Vegnies in meister dalla variaziun, e sche buc, possi silmeins tia veta esser cuorta e la mort leva!

Cheu veva il pign udiu la vusch da siu antenat ed entschiet a rir. La tatta veva detg che quei seigi la bua, cu ei seigien schi pigns sappieni aunc buca rir.

Als er geboren war, hatte der Großvater sich mächtig gefreut und den Kleinen gleich auf den Arm genommen. Was für ein Anblick – eine Prothese, die leise einen Säugling wiegte, und das winzige Köpfchen in der mächtigen verbliebenen Hand. Der Kleine schrie aus vollem Hals.

Das Leben ist banal. Deshalb muss man es variieren. Werde ein Meister der Variation, und wenn dir das nicht beschieden ist, so sei dein Leben zumindest kurz und dein Tod leicht.

Da hatte der Kleine erstmals die Stimme seines Vorfahren vernommen und zu lachen angefangen. Aber die Großmutter hatte gesagt, das sei die Kindergicht, auch Engelslachen genannt. So kleine Kinder könnten noch gar nicht lachen.

Il tat cupida sin baun avon casa, teidla il sulegl, tila mintgaton vid la pipa che ha sisum il spiel in gummi dil fermagl d'ina butteglia, per che la pipa setegni ella bucca senza dents, commentescha denteren la politica da vischnaunca, ei serabitschaus ch'il sulegl s'enclina tochen o Berna, sin ch'el va giu, a Washington e Moscau.

Il pop stat sc'in pascha en siu sez, cupida el sulegl, tila regularmein vid siu lulli cun in rin vidlunder. Auda dalunsch la vusch dil tat che raquenta ad els dus, senza dents e cavels e cun en libroc, la politica dil grond mund.

Der Großvater döst in der Sonne auf der Bank vor dem Haus. Ab und zu zieht er an seiner Pfeife, an deren Mundstück der Gummiring einer Bierflasche verhindert, dass sie den zahnlosen Kiefern entgleitet. Zwischendurch kommentiert er die Gemeindepolitik. Als sich die Sonne dem Horizont nähert, ist er in Bern angelangt, und wie sie untergeht, in Washington und Moskau.

Der Kleine thront wie ein Pascha in seinem Sitz, döst in der Sonne, zieht regelmäßig am Schnuller mit dem Ring. Hört von fern Großvaters Stimme, wie er mit halb aufgeknöpfter Weste ihnen beiden, zahnlos und kahl, die Politik der weiten Welt erklärt.

La tatta fuva stada la feglia d'in auter.

Pervia da quei stueva ella buca panzar. Negin che saveva quei dano sia mumma. Siu Niessegner saveva matei era, denton pareva lez da buca sempitschar fetg stuorn, tgi che vegni da tgi. El fuva in Niessegner che semischedava buca ellas caussas privatas. Niessegner pareva buca dad esser ina femna veglia.

Impurtont fuva ei che la glieud sappi nuot.

Emporta ei danunder ch'ins vegn? La glieud vul saver metter a casa las caussas. Sche la glieud savess tut quei che cuora e passa en in vitg, savess tgi che vegn veramein da tgi, savess tgi che ha con!

Großmutter war die Tochter eines anderen.

Deswegen brauchte sie sich nicht zu grämen. Außer ihrer Mutter wusste das niemand. Ihr Herrgott wusste es vermutlich auch, aber den schien es nicht groß zu beschäftigen, wer von wem sei. Er war ein Herrgott, der sich nicht in private Angelegenheiten einmischte. Ein Herrgott, der kein Waschweib zu sein schien.

Entscheidend war, dass die Leute von nichts wussten.

Kommts drauf an, woher man kommt? Die Leute wollen die Dinge an ihrem Platz wissen. Wenn die Leute wüssten, was in einem Dorf so alles geht und läuft, wüssten, wer tatsächlich von wem ist, wüssten, wer wie viel hat!

La glieud ei in nas cun duas combas. Quei nas ei dapertut. El va per las vias sco'l picher, fa sco'l picher, ha si dies il resti da picher, ha si la capiala cun in péz davon o e dus dallas varts e davos grad. Il nas fa reverenzas davon e davos. Tochen plaun.

Die Leute, das ist eine Nase auf zwei Beinen. Diese Nase ist überall. Sie geht durch die Straßen wie der Pikenträger an der Landsgemeinde, benimmt sich wie der Pikenträger, ist angezogen wie der Pikenträger, hat einen Dreispitz auf wie dieser, mit einer Ecke nach vorn und zwei nach den Seiten, und hintendran gerade. Die Nase verbeugt sich tief nach vorn und hinten. Bis zum Boden.

La mumma fuva in problem. Ella era stada eri. Veva piars ils sentiments. Setaccada vid il malfatg da siu um che laschava buca liber ella. Ed ella saveva buca tschintschar da quella sgarschur. Il quescher ei ina cola che tacca l'olma vid la carn. La mumma fuva sia fatscha che vegneva mo liunga. Siu maun vegneva secs. Il buob havess vuliu ch'el havess saviu leger ord la palmamaun, con veglia ch'ella vegni. Ella vegneva vegliandra.

La mumma fuva ina pegna scalegl freida.

Die Mutter war ein Problem. Sie war stillgestanden. Hatte die Gefühle verloren. War verfangen in der Missetat ihres Mannes, welche sie nicht mehr losließ. Und konnte nicht über dieses Grauen sprechen. Das Schweigen ist ein Kleister, der die Seele ans Fleisch pappt. Die Mutter war ein Gesicht, das sich nur noch in die Länge zog. Ihre Hand verdorrte. Der Bub wünschte aus ihrer Hand lesen zu können, wie alt sie würde. Sie ist steinalt geworden.

Die Mutter war ein kalter Specksteinofen.

«Ho, ho, eau è quito da tuchiaer chiauels, eau chiat duos cuorns, chi nun sun bells.»
Las desch eteds, Ardez 1564

«Ho, ho, ich meint' in blondem Haar zu wühlen und muss nun hier zwei wüste Hörner fühlen.»
Gebhard Stuppaun, Die zehn Lebensalter, Ardez 1564

Quels ch'eran i cun la palmamaun sur siu tgau vi vevan pigliau tema tuts. Cuschiu. Cheu carscheva in, di per di, en grondezia e sabientscha e survegneva corns.

Il tat tila, suenter quels plaids, il spieghel giu dil nas e leva si solemnamein. Semida dad in raquintader en in Moses al pei dil cuolm che ha grad smardigliau las leschas.

El veva detg en scalfins zatgei fetg impurtont.

Alle, die ihm mit der Hand über den Kopf gestrichen hatten, waren erschrocken und verstummt. Da wuchs einer heran, nahm Tag für Tag an Größe und Weisheit zu und bekam Hörner.

Nach diesen Worten nahm der Großvater die Brille von der Nase und erhob sich feierlich. Wurde vom Erzähler zum Moses, der soeben am Fuß des Berges die Gesetzestafeln zerschmettert hatte.

Er hatte, in Pantoffeln, etwas sehr Wichtiges gesagt.

Cu nus eran pigns astgavan nus buca tuccar en la televisiun, nundir smaccar ni schizun strubegiar nuvs.

Va buca vid la siun, scheva il tat denter spass e da detschiert. Quella scursanida plascheva ad el. El fageva remas banalas e recitava quellas sco che la chista vegneva endamen ad el:

Ha il buob che semeglia liun,

Less el catschar il nas ella siun.

Giud la siun mirava cun tschera detscharta la busta d'in brueder Claus da lenn mellen-brin cun cavazza liunga dad ascet e barbun. Naven d'aschi leu nua ch'el manegiava da lezzas uras ch'il carstgaun hagi il cor, fuva il rest dil tgierp tagliaus naven. Per buca stuer patertgar vid in tgierp resgiaus empermiez, deva el da crer a sesez ch'il rest dil tgierp seigi ella siun, aber la bratscha fuva halt tuttina mutilada. Quella statua che mirava e mirava fuva zatgei inquietont.

Dretg dil sogn veva il tat siu rospieghel. Gie buca tuccar en il rospieghel. Gie buca tuccar en la siun.

Als wir klein waren, durften wir den Fernsehapparat nicht anrühren, geschweige denn Knöpfe drücken oder gar drehen.

Hände weg vom Parat, sagte Großvater, halb zum Spaß, halb im Ernst. Die Abkürzung gefiel ihm. Er machte banale Verse und sagte sie her, wann immer ihm die Kiste in den Sinn kam:

Darf er nicht an den Parat
wird der Bub gleich rabiat.

Vom Parat herunter schaute mit entschlossener Miene die Büste eines Bruder Klaus aus gelblichbraunem Holz mit langem, bärtigem Asketenschädel. Etwa ab der Stelle, wo der Bub zu jener Zeit das Herz des Menschen vermutete, war der Rest des Körpers abgeschnitten. Um sich nicht einen entzweigesägten Körper vorstellen zu müssen, redete er sich ein, der Rest des Körpers stecke im Parat, aber die Arme waren halt doch verstümmelt. Diese Figur, wie sie so schaute und schaute, hatte etwas Beunruhigendes.

Rechts vom Heiligen bewahrte Großvater seinen Feldstecher auf. Finger weg vom Feldstecher. Finger weg vom Parat.

Ils onns che las tattas vevan buobanaglia veva ei dau Pius e Pias tut gries. (Il Pius feminin ei la Pia, buca la Piua. La Piua numnava il tat la suletta vacca dil Pius che haveva in tgiern anavos sc'ina caura, l'auter tut agradora.)

Massa buobanaglia vevan survegniu quei num dils papas Pius XI e Pius XII che fuvan stai in suenter l'auter, e gia all'entschatta dil tschentaner veva ei dau in Pius, e biebein miez dil tschentaner avon vevan treis Pius regiu.

Ils Pius vevan fatg uorden. In ha puspei rugalau igl Uorden dils Jesuits, in ha fatg schuber cun Nossadunna che hagi concepiu senza igl um e dau si da crer ch'il papa seigi infallibels, in ha battiu encunter il modernissem ed ei vegnius declaraus sogns dil secund Pius suenter el. Pius XI ha dau ora tut che schula enciclicas sur la lètg e co educar, fatg plums cul communissem, sedistanziaus dalla ecumena. Il davos Pius ei staus in monarc, spieghel rodund, egliada da glas, ha sevilau vinavon cul communissem ed annunziau, «suenter che Nus havein uss adina puspei implorau instantamein Diu ed invocau il spért dalla verdad», ch'ei seigi ina verdad da cardientscha ofniada da Diu, «che la immaculada, adina virginala mumma da Diu Maria, suenter haver finiu sia veta terrestra, seigi vegnida prida si cun tgierp ed olma ella glo-

In jenen Jahren, da die Großmütter Kinder kriegten, gab es Piusse und Pias am laufenden Meter. (Der weibliche Pius ist die Pia, nicht die Piua. Piua nannte Großvater die einzige Kuh des Pius, bei welcher ein Horn ziegenartig nach hinten zeigte, das andere geradeaus nach vorn.)

In hellen Scharen waren die Kinder nach den beiden Päpsten Pius XI. und Pius XII. getauft worden, die aufeinander gefolgt waren. Bereits zu Beginn des Jahrhunderts hatte es einen Pius gegeben, und etwa um die Mitte des vorhergehenden Jahrhunderts hatten ebenfalls drei Piusse regiert.

Die Piusse hatten aufgeräumt. Einer hatte dem Jesuitenorden wieder auf die Beine geholfen, einer hatte in Sachen unbefleckte Muttergottes sauberen Tisch gemacht und der Welt weisgemacht, dass der Papst unfehlbar sei. Einer hatte den Modernismus bekämpft und war vom übernächsten Pius heilig gesprochen worden. Pius XI. hatte knüppeldick Enzykliken zu Ehe und Erziehung herausgegeben, hatte dem Kommunismus den Tarif erklärt und sich von der Ökumene distanziert. Der letzte Pius war ein Monarch gewesen, runde Brille, gläserner Blick, hatte weiterhin den Kommunismus gepiesackt und verkündet, «nachdem Wir nun immer wieder inständig zu Gott gefleht und den Geist der Wahrheit angerufen haben», dass es eine von Gott geoffenbarte Glaubenswahrheit sei, «dass die unbefleckte, immer jungfräuliche Gottesmutter Maria nach Vollendung ihres irdischen Lebenslaufes mit Leib

ria celestiala» e lu immediat tschintschau dallas consequenzas: «Sche per consequenza, quei che Dieus pertgiri, zatgi snega ni secrei sapientivamein da metter en dubi quella verdad, la quala ei vegnida definida da Nus, lu duei el saver, ch'el ei daus giu diltuttafatg dalla cardientscha divina e catolica.» Quei ei stau quella annunziaziun digl in dils endisch mellienovtschientschunconta.

El ha in problem, ha Oria commentau.

La tatta ha pendiu vid la preit grad sut l'uracucu in Pius XII ch'ei mavan per las casas a vendend. El posava en in oval da bronz culau, che fuva taccaus sin in rombus da stgein cun si lac. In Pius en profil, il capetsch anavos sin la cuppa tgau, la bucca decidida. Il buob s'imaginava ch'il papa sappi mai cuorer, gnanc star anavos cul tgau ni davon giu e mirar denter comba ora e veser il mund anavos cul tgau engiu, schiglioc havessi el piars mintga gada il chepi. Tgei veta stueva quei esser.

Pli tard veva il buob fatg stem el Knaurs dil bab, che veva in dies scarpau ch'ils fils pendevan giuado dil trer el ord la cruna denter tschels cudischs buca duvrai aschi bia, che la fotografia dil medem Pius fuva sper il maletg da Francisco Pizarro, Marqués de los Charcas y de los Atabillos. Domisdus vevan il medem

und Seele zur himmlischen Herrlichkeit aufgenommen worden ist», um dann sofort auf die Konsequenzen zu sprechen zu kommen: «Wenn daher, was Gott verhüte, jemand diese Wahrheit, die von Uns definiert worden ist, zu leugnen oder bewusst in Zweifel zu ziehen wagt, so soll er wissen, dass er vollständig vom göttlichen und katholischen Glauben abgefallen ist.» Das war jene Ankündigung vom ersten elften neunzehnhundertundfünfzig.

Er hat ein Problem, hatte Oria kommentiert.

Großmutter hatte an die Wand gleich unter die Kuckucksuhr einen Pius XII. gehängt, wie man ihn im Dorf von Tür zu Tür verkaufte. Er posierte in einem Oval aus Bronzeguss, welches wiederum auf einen Rhombus aus lackiertem Tannenholz geklebt war. Ein Pius im Profil, das Käppchen auf dem Hinterkopf, die Lippen schmal. Der Bub stellte sich vor, dass der Papst nie rennen konnte, ja nicht einmal mit dem Kopf nach hinten lehnen durfte oder sich nach vorne beugen und zwischen den Beinen hindurch die Welt hinter sich umgekehrt betrachten konnte, weil er sonst jedes Mal sein Käppi verloren hätte. Was für ein Leben musste das sein.

Später war dem Bub in Vaters Knaur, dessen Rücken ganz zerfranst war vom vielen Herausziehen aus dem Regal, etwas aufgefallen. Die Fotografie des gleichen Pius fand sich da neben dem Bild des Francisco Pizarro, Marqués de los Charcas y de los Atabillos. Beide hat-

egl e la medema bucca e la gaulta neidia. In cun barba e capellina cun plemas e flum, l'auter cun capetsch e fatscha glischa e la medema fisionomia d'itschal.

ten dieselben Augen und denselben Mund und dieselben glatten Wangen. Der eine mit Bart und Helm und Federn und Flaum, der andere mit Käppchen und bartlos und mit derselben Physiognomie aus Stahl.

Tgi veva sittau sin siu bab ellas Bleisas Verdas? Con ditg veva il siet rebattiu ellas preits? Veva il morder udiu il siet? Veva il bab udiu il siet, viu la notg melna? Co fa ei cu ina 270 va viaden el tgierp, sfransla la carn? Co vesa in det ora che tila senza scarpar sin in um?

Wer hatte auf seinen Vater geschossen in den Bleisas Verdas? Wie lange hatte der Schuss in den Felsen widerhallt? Hatte der Räuber den Schuss gehört? Hatte der Vater den Schuss gehört, das Feuer im Elsass gesehen? Wie ist es, wenn eine 270er-Kugel in den Körper dringt, das Fleisch zerfetzt? Wie sieht ein Finger aus, der sich ohne Zittern zum Schuss auf einen Menschen krümmt?

Tiu bab veva il rir homeric. Il buob patertgava vid l'America.

Tiu bab veva il rir ch'ins sa buca stizzar. Il rir maldulau dils vegls dieus che ramplunava senza schanetg els seniasters dallas preitscrap dil Caucasus. Tier Rabelais vegn aunc ris aschi dad ault e public, el Don Quichotte dad ault aunc. Naven dil schotgavel tschentaner vegn il rir calmaus. Uss ei il rir fugius.

Tiu bab s'udeva tiel mund vegl.

Dein Vater hatte *il rir homeric,* das homerische Lachen. Der Bub dachte an *America.*

Dein Vater hatte das Lachen, das nicht unterdrückt werden kann. Das rohe Lachen der alten Götter, das gnadenlos in den Schattenwänden des Kaukasus donnerte. Bei Rabelais wird noch so laut und öffentlich gelacht, im Don Quijote noch laut. Ab dem achtzehnten Jahrhundert wird das Lachen besänftigt. Jetzt ist das Lachen entwischt.

Dein Vater gehörte zur Alten Welt.

El stat meglier aschia, schevani siper la mumma perquei ch'i savevan buca tgei dir.

Pieder Paul Tumera, il Turengia, fuva buca schi segirs ch'il miert stetti meglier aschia. El veva fatg stem che siu bratsch, che fuva naven, fageva nauschs muments mal tochen osum la detta. Pusseivladad pira pia, il tgierp sa péra esser naven, ch'igl uffiern resta, speculava el – ha! – sco Ahab, il zuriader encunter las stgiras pussonzas: «Und wenn mich mein zermalmtes Bein immer noch schmerzt, wo es sich doch längst in ein Nichts aufgelöst hat, wäre es da so ganz undenkbar, Mensch, dass du die Glut ewiger Höllenpein spürst, ganz ohne Körper? Ha!»

Für ihn ist es besser so, sagten sie zur Mutter, weil sie nicht wussten, was sie sagen sollten.

Pieder Paul Tumera, genannt Turengia, war sich nicht so sicher, dass es für den Toten so besser sei. Er hatte die Erfahrung gemacht, dass sein Armstumpf ihn in bösen Momenten bis in die Fingerspitzen hinaus schmerzte. Schlimmste der Möglichkeiten war also, dass der Leib vergangen sein mochte, die Hölle aber blieb. So spekulierte Großvater – ha! – wie Ahab, der wider die dunklen Mächte gewettert hatte: «Und wenn mich mein zermalmtes Bein immer noch schmerzt, wo es sich doch längst in ein Nichts aufgelöst hat, wäre es da so ganz undenkbar, Mensch, dass du die Glut ewiger Höllenpein spürst, ganz ohne Körper? Ha!»

«La Vaskadira c'ella ha a Dies, sto esser larg'avunda, ca ni Venter ni ilg Brust vingien squitschai a struklai.»
Cuort entruidament per las hebamas, 1816

«In Ansehung der Kleidung soll die Gebährende leicht gekleidet und nirgends gebunden, oder beschwert seyn, auch das Tragende leicht gewechselt werden können.»
Leitfaden zum Unterricht für Hebammen und ihre Lehrer, 1807

El vuleva buca semenar cul tgau engiu. Siu emprem protest. La naschientscha ha buca seschau retardar.

Ella ei stada ina splatschergnada. Auas en moviment, undada, las ureglias che scadeinan. La scarpada ord la madra tras in stretg. Via tras il vau dalla naschientscha ora el niev che sesarva. Quei fuva pia il mund grond che fuva s'imponius ad el deglia per deglia: glisch, direzia, ferdaglia.

Ed el fuva in buob, ed il rodund dueva daventar grads, il tscherchel lingia.

Er wollte sich nicht mit dem Kopf nach unten drehen. Sein erster Protest. Umsonst, die Geburt ließ sich nicht verzögern.

Es war eine Überschwemmung. Rauschen, gurgeln, strömen, ein Dröhnen in den Ohren. Herausgerissen werden aus dem Mutterschoß. Der schmale Weg durch den Geburtskanal hinaus ins Neue, das sich öffnet. So also war die große Welt, die sich ihm Wehe um Wehe aufgenötigt hatte: hell, hart, kalt.

Und er war ein Bub, und das Runde musste gerade werden, der Kreis zur Linie.

«La piglialaunca, exponida specialmein al nausch, duei buca ir giuado avon ch'esser ida a baselgia», veva il sutaner detg. «Ni mo cun parisol ni ina schlonda sin tgau, ni far ch'ins enconuschi buc ella, sch'ella sto ir giuadora avon», veva il tat, ch'enconuscheva era las variantas dallas prescripziuns, cuntinuau.

Veva il sutaner, sco ella numnava il spiritual, detg ad Oria, daventada mumma, che fuva avon mai stada aschi datier dalla retscha infinita da nuvs e s'imaginava ch'il venter digl um en rassa sescuflassi aunc pli fetg, aschia che la lada scharpa scarpassi entuorn veta e ch'ils nuvs pignpigns sigliessien – pingpingpingping – in suenter l'auter giu dil venter. Ed il sutaner fuva in zampoier ed il zampoier in scutinader che bisbigliava sur ella en ch'igl inimitg possi buca far donn ad ella «nihil proficiat inimicus in ea.»

«Die Kindbetterin, dem Bösen besonders ausgesetzt, soll nicht ins Freie gehen, bevor sie in der Kirche war», hatte der Schwarzrock damals gesagt. «Oder nur mit Schirm oder mit einer Schindel auf dem Kopf, oder verkleidet, damit man sie nicht erkennt, wenn sie vorher unbedingt ins Freie muss», ergänzte Großvater, der die Regeln auch in ihren Varianten kannte.

Hatte der Schwarzrock, wie sie den Pfarrer nannte, zu Oria gesagt. Sie war Mutter geworden, war des Schwarzrocks unendlich langer Knopfreihe zuvor noch nie so nah gewesen und stellte sich vor, wie es wäre, wenn der Wanst des Mannes im Talar vor ihr sich noch mehr blähte, sodass die breite Schärpe um seinen Leib schließlich platzen und die winzigen Knöpfe einer nach dem andern – pingpingping – vom Bauch wegspringen würden. Und der Schwarzrock war ein Dicksack, und der Dicksack ein Einflüsterer, der über sie hinmurmelte, auf dass der böse Feind ihr nicht schaden könne, «nihil proficiat inimicus in ea.»

Ils benedictins, ses scolasts, vevan buca vuliu sefar en memia bia. Ses scolasts fuvan fortezias impenetrablas. Ei fuva il temps dalla instrucziun totala. Quei ei ina tabla nera vid la preit, in scolast cun tschoss davos in pult, in mir cudischs sil pult, suondan bauns cun en mintgamai dus scolars. Ils strebers davon, la canaglia e las giraffas davos. Ils metafuners dallas varts. Els bauns ha el empriu da star eri, da dir quei ch'ei levan udir. Ei levan udir dapi l'emprema classa ch'ins mondi buca a scola pil scolast, ch'ils nuvs vegnien baul ni tard el petgen, ch'il ruog mondi entochen la fontauna. Stop. In ruog che va interessava el. In ruog cun combas d'utschi e forsa era alas. Veva el si capetsch? Il ruog veva si capetsch. E schon era el en in auter mund che quel dil scolast perorauner.

El ha empriu en scola da far sco sch'el tedlass il scolast, ferton che siu tgau era ellas historias, p.ex. en quella dil ruog che mava e che saveva aunc bia dapli. Quella tecnica da far sco da tedlar e semiar dasperas ha trenau siu tschurvi. El ha empriu da far duas caussas enina, da schar filar sia historia e da tedlar il scolast per saver dar la risposta che lez leva, per buca curdar si.

Die Benediktiner, seine Lehrer, wollten nicht allzu viel bemerken. Uneinnehmbare Festungen waren sie, seine Lehrer. Es war die Zeit des Totalunterrichts. Das ist eine schwarze Tafel an der Wand, ein Lehrer in einer weißen Arbeitsschürze hinter einem Pult, eine Büchermauer auf dem Pult, dahinter die Bänke mit je zwei Schülern. Die Streber zuvorderst, Gesindel und Giraffen ganz hinten. Die Duckmäuser an den Seiten. In den Bänken hat er gelernt, ruhig zu sein, das zu sagen, was sie hören wollten. Sie wollten ab der ersten Klasse hören, dass man nicht für den Lehrer zur Schule gehe, dass die Strafe auf dem Fuß folge, dass der Krug zum Brunnen gehe. Stopp. Ein gehender Krug, das interessierte ihn. Ein Krug mit Vogelbeinen und vielleicht auch mit Flügeln. Hatte er eine Kappe auf? Der Krug hatte eine Kappe auf. Und schon war er in einer andern Welt als der des dahindozierenden Lehrers.

In der Schule hat er gelernt, so zu tun, als ob er dem Lehrer zuhöre, während sein Kopf woanders war, zum Beispiel bei der Geschichte vom Krug, der ging und noch viel mehr konnte als das. Diese Technik des vorgetäuschten Zuhörens bei gleichzeitigem Träumen hat sein Hirn geschult. Er lernte so, zwei Dinge zugleich zu tun: an seiner eigenen Geschichte zu spinnen und dabei doch dem Lehrer zuzuhören, um die gewünschte Antwort geben zu können und nicht aufzufallen.

Ei deva da quei temps bia scolas: la scoletta cull'onda che mussava da cantar e far oraziun, lu la scola nua ch'ins emprendeva da leger, scriver e far quen, lu la scolariala dils gronds che fuvan sgarscheivel liungs, vevan culiazs plein bargeuls ed in memia grond brumbel gargatta, ferdavan da mezcarschi, lu la scola dalla veta. Sur da quella raquintava il scolast il pli bia. Ella metti sin pantun quels ch'il scolast vegni buca da far giu ils corns.

   Il tat veva detg zatgei auter. La scola dalla veta seigi ina scoletta. Quei vevel jeu capiu pér cun curonta onns.

Es gab zu jener Zeit viele Schulen: den Kindergarten mit der Tante, die zeigte, wie man sang und betete, dann die Schule, wo man lesen, schreiben und rechnen lernte, dann die Sekundarschule der Großen, die schrecklich lang waren, eine picklige Haut und einen viel zu großen Kehlkopf hatten und halb erwachsen rochen, und dann noch die Schule des Lebens. Von dieser erzählte der Lehrer am meisten. Sie werde jenen den Kopf zurechtrücken, denen der Lehrer die Hörner nicht genügend habe abstoßen können.

Großvater hatte etwas anderes gesagt. Die Schule des Lebens sei ein Kindergarten. Das habe ich erst mit vierzig begriffen.

Las buobas ferdavan ellas empremas classas aunc sco nus. Buca meglier, buca mender, e lur flad era il medem. Quei dueva semidar, da rudien.

Die Mädchen rochen in den ersten Klassen noch wie wir. Nicht besser, nicht schlechter, und ihr Atem war derselbe. Das sollte sich ändern, gründlich.

In cantun dalla stiva fuva tablegiaus cun hartas pintgas. Sur il canapè mirava in grond sogn Giusep giud la preit. Il buob s'imaginava ch'el revolvi ils egls. Mintgaton mussava el igl alv, mintgaton catschava el ora la lieunga, aber mo sche la tatta veva viult il dies. Lu veva el era mintgaton in fluretg en bucca. Luvrar luvrava el trasatras sc'in Araber, schiglioc fuva el solids tochen leuo. Sch'ei stueva esser saveva el era far combas. Quei vess ins buca dau ad el. Spert prender asen e pentel, la nossadunna ed il niessegner e far la mustga.

Tscholi ni herox, sufleltgil ni bab nutrider. Quei sogn ha adina fatschentau el. Aunc bunamein pli fetg che quel ch'ei vevan rentau vid la petga dils marters e sittau paliats dapertut sin el, sco sch'el fuss vegnius a mauns als Indianers.

Eine Stubenecke war mit Heiligenbildern voll gehängt. Über dem Kanapee schaute ein großer heiliger Josef von der Wand. Der Bub stellte sich vor, dass er die Augen rolle. Manchmal sah man das Weiße, manchmal streckte er auch die Zunge heraus, aber nur wenn Großmutter ihm den Rücken gekehrt hatte. Manchmal hatte er auch ein Blümchen im Mundwinkel. Er krampfte wie ein Kuli, war über die Maßen solid. Wenn es sein musste, konnte er sich auch beeilen. Das hätte man ihm eigentlich gar nicht zugetraut. Schwupps den Esel und seine Siebensachen und die Muttergottes und den Herrgott nehmen und nach Ägypten verschwinden.

Tscholi oder Held, Handlanger oder Ziehvater, dieser Heilige hat ihn immer beschäftigt. Fast noch mehr als jener, den sie an den Marterpfahl gebunden und über und über mit Pfeilen gespickt hatten, als ob er unter die Indianer gefallen wäre.

Cu ei fagevan da sezuppar, da pign, serrava el ferm ils egls, e negin veseva el pli. Lu han ei priu ad el quella cardientscha.

Tut las cardientschas han ei priu: il bambin, il sontgaclau, la lieur, las blauas, la da ver, e detg e fatg ch'ei detti mo ina: quella dils raps, entuorn la quala els vegnan siglientai da zatgei malefix sco las mustgas grossas entuorn la cazzola.

Wenn sie als Knirpse Verstecken spielten, schloss er fest die Augen, und keiner konnte ihn sehen. Dann haben sie ihm diesen Glauben genommen.

Jeglichen Glauben haben sie ihm genommen: das Christkind, den Nikolaus, den Hasen, den Aberglauben und den richtigen. Haben deutlich gemacht, dass es nur den einen gebe: den Glauben ans Geld, der sie umtreibt wie die dicken Fliegen um die Lampe.

In di ha ei giu num ch'igl augsegner seigi vegnius canoni. Tgei che quei ei exact, sai jeu aunc oz buc. Il tat ha detg che quei hagi da far zatgei cun la postura, principalmein cun la totona, e quittau quei cul verset:

«Canoni canat

Maglia la marenda dil gat.»

La tatta ha mirau buca legher dalla vart ora vi sin el. Cheu ha miu tat entschiet a perorar liung e lad sur da canonis e canoniers, canonists e canonessas che nus essan stai sil tgau. El fuva in grond amitg dils plaids e saveva declarar, danunder ch'els vegnien. El ha detg che la ragisch da tut quels plaids seigi babilonica, canunau sulettamein pil plaid *canon* tredisch differentas significaziuns ord la mongia, tochen che la tatta ha detg: cala! e finiu sias expectoraziuns cul plaid *canun,* il qual el ha derivau da canna, aschia ch'el fuva arrivaus en sia tura horizontala, sco adina, tier in da ses urdeins preferi: in uaffen crutsch.

Eines Tages hieß es, der Pfarrer sei Kanonikus geworden. Was das genau ist, weiß ich bis heute nicht. Großvater sagte, das habe etwas mit der Postur zu tun, vor allem mit dem Nacken, und quittierte die Nachricht mit dem Reim:
«Kanonikus Kanaster
stiehlt Maudimutz den Zaster.»
Das trug ihm einen wenig freundlichen Seitenblick von Großmutter ein. Da begann Großvater des Langen und Breiten zu dozieren über Kanoniker und Kanoniere, Kanonisten und Kanonissen, bis wir nicht mehr wussten, wo uns der Kopf stand. Großvater war ein großer Freund der Wörter und wusste, woher sie kamen. Er sagte, die Wurzel all dieser Wörter sei babylonisch, und schüttelte dann allein für das Wort *Kanon* dreizehn verschiedene Bedeutungen aus dem Ärmel, bis Großmutter Hör auf! sagte, worauf er seine Ausführungen mit dem Wort *Kanone* beendete, das er von *canna,* Spazierstock aus Meerrohr, herleitete, sodass er auf seinem *tour d'horizon,* wie immer, bei einer seiner bevorzugten Gerätschaften angelangt war: bei einem Ding mit einer Krümmung.

«tredisch, quitordisch, quendisch
la gaglina stat sigl endisch»

«Eins, zwei, drei
das Huhn sitzt auf dem Ei.»

Tgei fuva gl'emprem, igl iev ni la gaglina? leva il tat saver, fagend ir vidaneu il schnuz e vegnend orda gagliner cun dus ovs sin maun, in cun si in tec mellen d'in strom taccau, ed el cantun dalla bucca fuva in centimeter toscana stezza ch'ins stueva mirar bein da veser ella.

All'entschatta era il vierv, da ductrina. Pia sto igl iev esser staus avon la gaglina, pertgei vierv ed iev tunan tuttina, fa il buob ses patratgs. Aber quei dependeva, sch'ins fuva en gagliner ni en ductrina ni schiglioc.

All'entschatta dil cudisch da leger fuva il gnom. El steva sin ina tabla enramada cun feglia e flurs, sco quellas che pendevan da fiasta da musica entadem ed odem il vitg sur la via vi. Il gnom veva en in manti ner e si in capellun. Ina cavellera vegneva sut la capiala ora sur las ureglias giu, e la barba ch'el teneva ensemen cul pugn sut il baditschun fuva liunga sco'l manti. El veva si in spieghel rodund, ils egls fuvan dus puncts pigns. El fuva zatgei denter Sontgaclau ed in domptur. Il maun dretg mussava da star eri, ed il det mussader agradsi fuva in admonider. Sut bratsch seniester fuva il fest pinaus, e sin la tabla steva ei scret cun blau quei ch'el vess detg, sch'el fuss vegnius ord il cudisch:

Was war zuerst, das Ei oder das Huhn?, wollte Großvater wissen, während er mit zwei Eiern in der Hand aus dem Hühnerstall trat und sein Schnauz sich hin und her bewegte. Am einen Ei klebte ein Endchen Stroh, und in seinem Mundwinkel klebte ein Zentimeter erloschene Toscani. Man musste gut hinschauen, um sie zu sehen.

Am Anfang war das Wort, *il vierv,* hatte es im Religionsunterricht geheißen. Also muss das Ei, *igl iev,* vor dem Huhn da gewesen sein, denn *vierv* und *iev* klingen gleich, machte sich der Bub seine Gedanken. Aber es kam drauf an, ob man im Hühnerstall war oder im Religionsunterricht oder sonstwo.

Am Anfang des Lesebuches war der Gnom. Er hielt eine Tafel, die mit Blättern und Blumen umkränzt war – wie jene, die am Musikfest am Eingang und am Ausgang des Dorfes über der Straße hingen. Der Gnom trug einen schwarzen Mantel und auf dem Kopf einen Riesenhut. Darunter hingen die Haare weit über die Ohren, und der Bart, den er mit der Faust unter dem Kinn zusammenhielt, war so lang wie der Mantel. Er hatte eine runde Brille auf, die Augen waren zwei kleine Knöpfe. Er war etwas zwischen Sankt Nikolaus und einem Dompteur. Die rechte Hand bedeutete einem, still zu sein, der Zeigefinger war mahnend erhoben. Unterm linken Arm war der Stock bereit, und auf der Tafel stand blau geschrieben, was er gesagt hätte, wenn er aus dem Buch gestiegen wäre:

«Miu pignet, fai bein adatg
de cul cudisch far bufatg!
Sche ti fas el tut empaglia,
vegn la torta per pagaglia.»

All'entschatta che nus savevan leger da bass
fuva la smanatscha.

«Kleiner Knirps, nimm dich in acht,
behandle nicht das Büchlein schlecht!
Machst du ihm Ohren, Risse, Flecken,
musst du fürchten meinen Stecken.»

Am Anfang des Lesens war die Drohung.

Il zampoier veva scumandau alla buobanaglia dad ir tral santeri senza intent, mo per prender la cuorta per ir giul consum. El vegli traplar negin dacheudenvi. Las geinas seigien da tener serradas per ch'ei mondi buca en tgauns.

El temeva sur canoni. El mava dacheudenvi tras santeri mo cul tat e la tatta. Ils gronds, veva el fatg stem, fagevan buca adina quei ch'il sutaner scheva. El mirava mintga ga si sil Cristoffel sc'in bov che fuva malegiaus sil clutger avon la porta baselgia. Mintga ga stuevan ins ir, cu ins mava tras santeri, sper il maletg vi. Mintga gada fageva la tatta ina sontga crusch e scheva ina oraziun da bass. Mintga gada fageva il tat in spergament e scheva dad ault:

«Sontg Cristoffel grond e gross,
Ch'ha purtau il Segner noss.
Peter Paule grond e gross,
Ch'ha purtau il lenn dil floss.»

El mirava si sils peisuns dil Cristiefel, sco il tat numnava era mintgaton il gigant, smaccava ensemen ils egls tochen ch'els eran mo pli ina fessa, mirava si e si, veseva il tgau che semidava en in tgau d'in tgaun, buc in nausch, balentgs, aber zaco enconuschents. Mirava tuttenina sil kynokefal.

Der Schwarzrock hatte den Kindern verboten, ohne Grund durch den Friedhof zu gehen, nur weil es die Abkürzung war auf dem Weg in den Dorfladen. Er wolle ab sofort keinen mehr erwischen. Und die Gittertore seien geschlossen zu halten, damit keine Hunde hineingingen.

Er fürchtete den Herrn Kanonikus. Von da an nahm er nur noch zusammen mit Großvater und Großmutter die Abkürzung durch den Friedhof. Die Großen, so hatte er festgestellt, machten nicht immer, was der Schwarzrock sagte. Jedes Mal schaute er zum Christophorus hinauf, der groß wie ein Ochse neben dem Portal an die Kirchturmmauer gemalt war. Jedes Mal, wenn man durch den Friedhof ging, musste man an ihm vorbei. Jedes Mal bekreuzigte sich Großmutter und sagte leise ein Gebet. Jedes Mal fuchtelte Großvater in der Luft herum und deklamierte laut:

> «Heiliger Stoffel groß und fest,
> Hat getragen Jesum Christ.
> Peter Paule fest und groß,
> Hat getragen Holz fürs Floß.»

Der Bub schaute auf die Riesenfüße des Christiefel, wie Großvater den Riesen mitunter auch nannte, kniff die Augen zu einem schmalen Schlitz zusammen, schaute höher und höher, sah, wie sich der Kopf in einen Hundekopf verwandelte, nicht böse, nur schräg und irgendwie vertraut. Erblickte plötzlich den Kynokephalus.

Il kynokefal ei buca da scumbigliar cul kefalofor. In ei il tgautgaun e tschei ei il portasiutgau, scheva il tat, versaus ella iconografia dils sogns in toc meglier ch'il prer. E cu negin vegneva ordlunder pli, scheva el ch'el resumeschi ‹ad usum delfini ed in maiorem dei gloriam›: In ei sogn Cristoffel, e tschel ei som Placi.

Ed ei miravan sco tamazis in sin l'auter, confirmavan e devan il tgau.

Der Kynokephalus ist nicht zu verwechseln mit dem Kephalophoren. Der eine ist ein Hundeköpfiger, und der andere ist der Kopfträger, dozierte Großvater, der in der Ikonografie der Heiligen um einiges besser Bescheid wusste als der Pfarrer. Und wenn niemand mehr folgen konnte, sagte er, dass er ‹*ad usum delfini*› und ‹*in maiorem dei gloriam*› zusammenfasse: Der eine ist Sankt Christophorus, und der andere ist Sankt Plazi.

Und die Leute schauten einander dümmlich an und nickten bestätigend.

Ils asilants ein ina razza, di igl aug Blau, tilan dil stadi mintga meins bials raps. Ferton che biaras famiglias svizras vegnan malamein atras, fan quels gl'entir di pipas, van entuorn cun jaccas da curom carischia. Nus pudessen buca star or da quei. Cun mercedes vani entuorn, cugliunan la glieud, fan star ils Svizzers. Jeu vegnel ord il tgau, sch'jeu mon atras Cuera. Ins vesa gleiti mo da quels.

Il tat fa ir vidaneu il schnuz, tschaghegna sil buob e schula: «Cur che jeu tras Cuera mavel ...»

Die Asylanten sind eine Brut, sagte Onkel Blau, beziehen jeden Monat eine schöne Stange Geld vom Staat. Während viele Schweizer Familien mehr schlecht als recht durchkommen, halten die den ganzen Tag Maulaffen feil, spazieren mit teuren Lederjacken herum. Wir könnten uns so etwas nicht leisten. Im Mercedes fahren sie herum, betrügen die Leute, bringen Schweizer um. Ich werde halb verrückt, wenn ich durch Chur gehe. Man sieht fast nur noch solche Typen.

Der Großvater bewegte den Schnauz hin und her, zwinkerte dem Bub zu und pfiff: «*Cur che jeu tras Cuera mavel ...*»

Quei fuva il temps dils cavels cuorts, e mo a paucs privilegiai lubevan lur genituors d'astgar veser ora sco ils Beatles.

Il buob stat egl esch, clinglin, sin camond dil bab. Il cuafér di mooscha, pren ord ina scaffa da preit in plumatsch steric quader da curom, petga cul pugn el sessel quei toc suttatgil per ch'el sesi ault avunda. Il cuafér aulza el, che tegn las combas tut agradora, el sessel. Il cuafér pumpa cul davon da sia sandala sin in pedal sco quel da far ir en in töf. La sutga sesaulza. Il cuafér fa adina ils medems spruhs, ei el medem mument aunc in kiosk, clinglin, di ch'el vegni grad, va tras in uham, venda in pac Stella Filter ed in pac feffermins, patarla ditg e liung, vegn en digl uham, di mooscha, di da tener il tgau davongiu, ligia entuorn culiez il sbabet liung da cuaférs ch'ins ha bu bratscha pli ed ei lads, scarpa pupi neidi dad ina rolla davos la sutga e stauscha, caveglia quei pupi steric denter culiez e culier. Il cuafér va vi e mira tras la vitrina sin via.

Srrr mava la maschina gl'emprem freida dalla totona si senza remischun trals cavels, resgiava, auu, naven in rugn – fai bu da pop! – mava vinavon fagend sia lavur entochen la fin che tut quei che ti vevas fuva giun plaun. Ti vegnevas scuaus en in mantun, pagavas in

Es war die Zeit der kurzen Haare, und nur wenige Privilegierte durften mit Erlaubnis der Eltern so aussehen wie die Beatles.

Der Bub steht in der Tür, klingeling, der Vater hats befohlen. Der Frisör sagt aaaalsodann, nimmt ein quadratisches Lederkissen aus einem Wandkasten, haut das steife Stück mit der Faust in den Sessel, damit der Bub hoch genug zu sitzen kommt. Der Frisör hebt ihn in den Sessel. Mit seiner Sandale pumpt er einen Hebel, der aussieht wie das Startpedal an einem Töff. Der Sessel hebt sich. Der Frisör macht jedes Mal dieselben Sprüche, er ist gleichzeitig auch ein Kiosk, klingeling, sagt, er sei gleich wieder da, verschwindet durch den Vorhang, verkauft ein Päckli Stella Filter und eine Rolle Pfefferminz, schwatzt eine Ewigkeit, klingeling, kommt durch den Vorhang, sagt aaaalsodann, heißt ihn den Kopf nach vorne beugen, bindet ihm den langen Frisörslatz um – der Bub hat jetzt keine Arme mehr und ist dafür breiter geworden –, reisst glattes Papier von einer Rolle hinter dem Stuhl und schiebt ihm das steife Zeug zwischen Hals und Kragen. Der Frisör geht hinüber und blickt durchs Schaufenster auf die Straße hinaus.

Srrr fuhr die Maschine, am Anfang noch kalt, gnadenlos den Nacken hoch durchs Haar, fräste, au, eine verschorfte Stelle weg – tu nicht so zimperlich! –, fuhr weiter und machte ihre Arbeit so lange, bis am Schluss alles, was du hattest, am Boden lag. Dort wurdest du

franc e miez e scapavas, ussa exponius al rir dils auters, nius, tradius. Quei fuva il mument ch'jeu level esser ina buoba.

zu einem Häufchen gewischt, zahltest einsfünfzig und ergriffst die Flucht, nackt, verraten, dem Gelächter der andern ausgeliefert. Das waren die Momente, wo ich ein Mädchen hätte sein wollen.

Ils bauns da scola ein ils giuvs che tegnan ensemen mintgamai dus e dus. Ils bauns baselgia ein ils giuvs che tegnan ensemen mintgamai diesch e diesch. Plunas retschas, e cu ins ei inagada ella retscha dat ei buca envi ed enneu, buc anen ni ano. Retschas, clauders, ins seconcentrescha sin Diu, il tutpussent. Aber ils bauns sgaran. Quei ei il demuni ch'ei en.

Tgi ei Diu? In patriarc cun barba alva ch'ins ha adina mo viu a sesend. Egls blaus. In tat alv cun la semeglia dil carstgaun.

Siu diu privatissim ha in'autra semeglia. Privatissim, perquei ch'el astgava dir a negin co quel veseva ora: ureglias da tgaun, senza dubi in egipzian. El ha stuiu tener quei per el l'entira affonza. Igl augsegner vess buca capiu quei. Fuss stau memia bia per lez. Vess tschappau el pil cavez e scadenau siu tgau sil saung nas tschun gadas, diesch gadas sigl ur dil baun. Vess mislau el entuorn las ureglias rams a cantun. Vess binglau cul cudisch dils evangelis ina giu per la cavazza ch'el fuss ius da plaun vi sc'in sac. Vess – segner dai alas! – alzau el pils manedels orda plaun e péra schau tgular el sco in ch'ei vid il cunti. Il mender fuss stau ch'el vess gnanc schau raquintar el la historia alla fin. Ils carschi teidlan buca alla fin. Els munchentan las historias entiras.

Schulbänke sind Joche, die immer zwei und zwei zusammenhalten. Kirchenbänke sind Joche, die immer zehn und zehn zusammenhalten. Reihe um Reihe, und wenn man einmal in der Reihe sitzt, gibt es weder Hin noch Her noch Ein noch Aus. Reihen, Pferche, und man konzentriert sich auf Gott den Allmächtigen. Aber die Bänke knarren. Das ist der Teufel, der in ihnen steckt.

Wer ist Gott? Ein Patriarch mit weißem Bart, den man immer nur sitzend erblickt hat. Blaue Augen. Ein weißer Großvater mit menschlichen Zügen.

Sein geheimer Gott hatte ein anderes Ebenbild. Geheim deshalb, weil er niemandem sagen durfte, wie der aussah: Hundeohren, also zweifellos ein Ägypter. Er hat das seine ganze Kindheit lang für sich behalten müssen. Der Pfarrer hätte das nicht begriffen. Das wäre für den zu viel gewesen. Der hätte ihn am Kragen gepackt und seinen Kopf fünfmal, zehnmal auf die Bank geknallt, bis er aus der Nase geblutet hätte. Hätte ihn geohrfeigt, bis er erledigt in einer Ecke gelegen wäre. Hätte ihm mit dem Evangelienbuch eins über den Kopf gezogen, dass er wie ein Sack zu Boden gegangen wäre. Hätte ihn – Herr, gib mir Flügel! – an den Ohren hochgehoben und schreien lassen wie am Spieß. Aber das Schlimmste wäre gewesen, dass er ihn die Geschichte gar nicht hätte zu Ende erzählen lassen. Die Erwachsenen hören nicht bis am Schluss zu. Sie verpassen die vollständigen Geschichten.

Hooodieusss fuva il plaid ch' il tat duvrava il pli savens. Il scolast veva pretendiu ch'ei detti buca plaids cun treis bustabs tuttina in suenter l'auter. E cheu veva il buob in exempel dil tat, ch'el udeva mintgadi, cun schizun duas ga treis bustabs in suenter l'auter el medem plaid. La correctura dil scolast da scriver O Dieus fuva absurda. Dapi lu ei scola stau pil biadi ina stizun da macruns. Fuva in scolast aschi in macachi ch'ei deva per el buc in hooodieusss, mo mache quei plaid fuva buc el vocabulari?

Insumma fuva il vocabulari en scola l'autoritad absoluta. El fixava ils plaids, e cheu deva ei nuot da marcadar. Quei fuvan plaids enguttai ch'ins stueva emprender da scriver aschia ed aschia. Il scolast teneva cul vocabulari, tedlava buca sin nus. Ed il vocabulari teneva cul scolast. Quei fuva ina sontga allianza. Nus schevan mo il voc al vocabulari ed al scolast il scoli. Quei fuva in temps che nus vevan il splen da scursanir tut, sco ei ha dau ina fasa che nus trenavan nossas suttascripziuns sin entirs fegls, ed ina fasa che nus maliavan sin la bratscha ils nums da nos idols. Ed il scoli fuva il voc ed il voc il scoli. Els fuvan in toifel. Encunter quella pasta vevan nus buca schanza. Nos dictats vegnevan anavos tut cotschens. Il scoli vegneva balurds, verteva en quella situaziun buc balluc, fageva disciplina cul voc cu quel schulava – hooodieusss – che las paginas sgulatschavan tras la stanza vi ella ghegna al descendent.

Harrrjesssas war der Ausdruck, den Großvater am häufigsten brauchte. Der Lehrer hatte behauptet, dass es keine Wörter gebe mit dreimal demselben Buchstaben hintereinander. Und da hatte der Bub Großvaters Beispiel, das er jeden Tag hörte, mit sogar zweimal drei Buchstaben hintereinander. Die korrigierte Schreibweise des Lehrers, Herr Jesus, war absurd. Von da weg war die Schule für den Enkel ein Saftladen. Waren Lehrer solche Hosenscheißer, dass es für sie keinen Harrrjesssas geben durfte, nur weil das Wort nicht im Wörterbuch stand?

Überhaupt, das Wörterbuch. Es war in der Schule die absolute Autorität. Es fixierte die Wörter, da gab es nichts zu markten. Die Wörter waren darin festgenagelt, so und nicht anders musste man sie schreiben. Der Lehrer hielt zum Wörterbuch, hörte nicht auf uns. Und das Wörterbuch hielt zum Lehrer. Es war eine heilige Allianz. Das Wörterbuch nannten wir nur *voc* und den Lehrer *scoli*. Denn da pflegten wir gerade den Spleen, alles abzukürzen. So wie es eine Phase gab, wo wir über ganze Seiten hin unsere Unterschriften trainierten, und eine Phase, wo wir uns die Namen unserer Idole auf die Arme malten. Und der scoli war das voc und das voc der scoli. Das war uns einerlei, gegen diesen Filz hatten wir ohnehin keine Chance. Unsere Diktate kamen über und über rot zurück. Der scoli, völlig verstört, vertrug in diesen Momenten keinen Pieps, sorgte mit dem voc für Disziplin, wenn dieses – harrrjesssas – mit flatternden Seiten quer durch die Schulstube dem Nachkommen in die Fresse flog.

Tuts vevan in surnum en nossa vischnaunca. Il tat fuva il Hodieus. Jeu sai buc sch'el saveva quei. Ei vess fatg mal al tat. Ei fageva era mal a mi. Ei schevan buca il hooodieusss dil tat, che tunava, che veva inagada il tun da smarvegl, l'autra gada quel da lamentaschun, ina autra gada fuva el in punct sigl i, tut secund co e nua ch'il tat duvrava el. Ei schevan in hodieus cuort, sec, cumpignaus d'in rir malign che steva pendius secundas en in cantun dalla bucca.

Magari schevan ei ils surnums, mo per dir els, surtut cu ei eran aunc novs, ed ei schevan ils surnums mo cu ils numnai fuvan buca dentuorn. Ei deva da quels cun dus e treis surnums.

En nossa vischnaunca flureva la cultura dils surnums. Cheu mavan entuorn massa tiers dall'Africa e bunamein tut las figuras dil giug da troccas: Maribarla Safoia: la papessa; Clau Spinas: la vacca; mistral Castelbert: il retg da cuppas; Giacun Ten: la biua. Barlamengia Baronchelli fuva la rachetta, perquei ch'ins veseva ella adina mo a filond. Giacasep Castrischer fuva il bèschzit dapi ch'el veva commentau la cuorsa dil club cun grir giudem spel zil trasora quei plaid el megafon. Crest Rensch vevan ils buobs entschiet gl'emprem ed ils carschi suenter a numnar Rensch ranscha. El veva adina da dir als buobs: Sche vus caleis bu cun quei, sche vus ransch'jeu! Fanezi Talianer fuva igl assalvess, dapi ch'el veva dau si d'alp siu tgaun e detg al pastur: A ssal vess da far cagnauls, ssa sturnessa els!

Alle hatten einen Übernamen in unserer Gemeinde. Großvater war der Harje. Ich weiß nicht, ob er es wusste. Es hätte ihm wehgetan. Es tat auch mir weh. Sie sagten nicht Großvaters Harrrjesssas, das wohltönende, das einmal Verwunderung ausdrückte, ein andermal eine Klage war und dann wieder das Pünktchen auf dem i – ganz je nachdem, wann und wo Großvater es brauchte. Sie sagten ein kurzes, trockenes Harje, begleitet von einem boshaften Grinsen, das für Sekunden in einem Mundwinkel hängen blieb.

Mitunter sagten sie die Übernamen nur, um sie auszusprechen, besonders wenn sie noch neu waren, und sie sagten sie nur, wenn die Betreffenden nicht da waren. Es gab Leute mit zwei oder drei Übernamen.

Sie blühte in unserer Gemeinde, die Kultur der Übernamen. Da waren viele Tiere Afrikas unterwegs und fast alle Karten aus dem Tarockspiel. Maribarla Safoia: die Päpstin; Clau Spinas: die Kuh; Landammann Castelbert: Becher-König; Giacun Ten: das Huhn. Barlamengia Baronchelli war die Rakete, weil man sie immer nur in Eile sah. Giacasep Castrischer war der Beschtziit, seit er das Clubrennen am Ziel kommentiert und immer wieder dieses Wort ins Megafon gebrüllt hatte. Den Dumeni Calaberg nannten zuerst die Buben, später auch die Erwachsenen nur noch Dumeni Deckel, weil er den Buben immerzu sagte: Wenn ihr damit nicht aufhört, gibt's eins auf den Deckel. Fanezi Talianer war der Maggagliini, seit er seinen Hund auf die Alp gegeben und zum Hirten gesagt hatte: Und wenn er magga Gliini, du sslaga tot!

Entiras famiglias vegnevan numnadas pil surnum, ed ei fuva ina pesta, ed ins stueva studegiar, sch'in jester emparava inagada pil dretg num nua che quel e quel stetti, tgi che quei seigi propi. Nossa stirpa vegneva numnada ils Hodieus, lu deva ei ils Hopsis, ils Gogals e las Gogalas, ils Jo-Kaschtencas, ils Kannalles, ils Fluretgs ed adina deva ei novs nums ed invenziuns dallas pli curiosas senza fin e cun absolutamein negina misericordia.

Ganze Familien kannte man nur noch beim Übernamen, es war eine Pest, und man musste überlegen, wer nun gemeint sei, wenn einmal ein Fremder sich erkundigte, wo der und der wohne, und dabei den richtigen Namen nannte. Unsere Sippe wurde die Harjes genannt, dann gab es die Hopsis, die Hüschthotts, die Jokaschtänka, die Kannalles und viele mehr, und immer wieder gab es neue Namen und kuriose Erfindungen ohne Ende und Erbarmen.

Il clavau veva en mo miardas: Ina tschisa fein vegl, chistas da lenn e canasters da tschereschas che nus vevan cavistrau ensemen e fatg ina tegia ordlunder, uaffens vegls, ziaghels – diesch sorts, ina partida finiastras tschuffas cun cruschada che pusavan ina encunter l'autra, che vevan en tuttas ina ruosna el veider sisum dretg, dapi ch'il Dumeni, ch'il Blau numnava mo il Demuni, veva cresmau cul flobert ina .22 standard tras la retscha, stgerpa, carpiens, iseglia, rauba vedra – quei che valeva zatgei vevani dau al Cadusch ils anno 70 miez per nuot, quei, cu ei vesevan las da tschien ch'il parler metteva sin meisa avon ch'il marcau seigi fatgs, tertgavani tgei che quei seigi –, duas plunas aissas resgiadas, teilas falien, puorla da flucs, ignivs d'utschals sin las curnischs, ignivs da miurs sut gl'iral.

Il clavau veva si mischlos.

Carrrmenenen buobs! fageva il Blau, pli baul vess ei è dau da quei. Nobis dat ei, sche jeu vesel aunc inaga in a secavallond si dalla preit clavau en. Ed ils dents fauls stevan ad el in tec giu dil tschiel dalla bucca, ch'el veseva o sc'in tigher zuffernau cun en in truchet ella gneffa.

En clavau fagevan nus Tomsoier e Hachelberifin, tschettabiget cun las buobas. Avon clavau rullava il Blau crrrrmenen. El vegneva bu pli en clavau,

In der Scheune gab es nur Gerümpel: Einen Wisch altes Heu, Holzkisten und kaputte Körbe, die wir zu einer Hütte zusammengebastelt hatten, altes Werkzeug, Dachziegel – zehn verschiedene Sorten, eine Anzahl alter Sprossenfenster, aneinander gelehnt und alle mit einem Loch in der obersten Scheibe rechts, seit Dumeni (den Onkel Blau nur Demuni nannte) mit dem Flobert eine .22 Standard durch die Reihe gejagt hatte, ferner alte Pflüge, Eggen, Feldgerät. Was davon wertvoll gewesen war, hatten sie dem Cadusch in den siebziger Jahren halb umsonst gegeben. Der Kessler hatte die Hunderter auf den Tisch gelegt, schon bevor der Handel abgeschlossen war, und da hatten sie gedacht, es sei wer weiß wie viel. Dann gab's da noch zwei Beigen Bretter, Spinnweben, Heublumenstaub, Vogelnester im Gebälk, Mäusenester unterm Tenn.

Am Scheunentor hing ein Vorhängeschloss.

Sakkerment Buben!, machte Onkel Blau, früher hätte man so was einmal versuchen sollen. Ihr könnt etwas erleben, wenn ich nochmals einen sehe, der die Scheunenwand hochklettert. Und das Gebiss stand ihm ein wenig vom Gaumen ab, sodass er aussah wie ein kranker Tiger mit einer Schublade in der Schnauze.

In der Scheune spielten wir Tomsoier und Hackelberifin, mit den Mädchen Blindekuh und sonst noch allerlei, und vor der Scheune rumpelte Onkel Blau sein Sakkerment. Denn in die Scheune kam er nicht mehr, seit er

dapi ch'el era ius suenter il Dumeni, lez scappaus sin lattiu, il Blau dalla feructadad suenter, il buob alzau ora dus ziaghels e hop sin tetg. Il Blau aunc stuiu alzar or dus per ch'el possi dalla ruosna si, secartend ussa ch'el hagi quei huder. Quei huder giudem il tetg sin la grunda, e – sche ti vegnas giu, sche segl' jeu.

Gliez veva fatg crer il Blau, carrrdinulla – tei poss jeu schon aunc tier! – e denter ils ziaghels giu e giu e da clavau o. Tut en ina puorla.

einmal den Dumeni hatte packen wollen, dieser auf die Tennreite geflüchtet war, Onkel Blau wütend hinterher, der Knirps hob flugs zwei Ziegel hoch und war hopp! ab durch die Latten auf dem Dach. Blau musste zwei weitere Ziegel wegnehmen, um folgen zu können, dachte schon, jetzt habe er diesen Lump. Der Lump aber stand zuunterst an der Traufe und – Wenn du herunterkommst, spring ich.

Das war dem Onkel Blau doch in die Knochen gefahren, sakkerment. Ein letztes – Wart, wenn ich dich kriege! – und dann Abgang durch die Ziegel und hinunter aufs Tenn und zur Scheune hinaus, von oben bis unten verdreckt.

Amuleins anavos

ins ha in bab ed ina mumma
ins ha dus tats e duas tattas
ins ha quater basats e quater basattas
ins ha otg urats ed otg urattas
ins ha sedisch sfurats e sedisch sfurattas
ins ha trentadus surats e trentaduas surattas
ins ha sissontaquater

Einmaleins rückwärts

man hat einen Vater und eine Mutter
man hat zwei Großväter und zwei Großmütter
man hat vier Urgroßväter und vier Urgroßmütter
man hat acht Ururgroßväter und acht Ururgroßmütter
man hat sechzehn Urururgroßväter und sechzehn
    Urururgroßmütter
man hat zweiunddreißig
vierundsechzig

Quei ch'ils Tudestgs dian Stammbaum e nus stemma ni genealogia ei in ruvriu, di cun tun pesanca igl aug Riget, sco nus schevan, frar dalla tatta da vart dil bab, che la mumma scheva igl aug rigiatauner. Ed el cuntinuava cun memoria da cavagl:

In da tes trentadus surats, il basat da tia basatta, mumma dalla tatta Fina, Crest Adalbert Genelin, naschius ils 1-12-1730, fuva staus landeshauptmann. El fuva maridaus cun Maria Baselgia, naschida ils 16-9-1735, da Sumvitg. Els han giu dus fegls e treis feglias: Giachen Antoni, Maria Amarita, Maria Madleina e Bistgaun Andriu. La famiglia da tia suratta Baselgia haveva a Laus-Sumvitg bia beins. Bistgaun Andriu, tiu sfurat, ei vegnius enzinnaus ils 18-4-1814 cun Barla Turtè Faller da Sumvitg. Tiu sfurat ei pia secasaus a Laus per cultivar leu ils beins da sia mumma. Ils consorts Genelin-Faller vevan treis affons: Maria Margreta, Maria Barla Catrina e Giachen Adalbert. Giachen Adalbert ei il bab da tia basatta. Maria Margreta, naschida ils 5-3-1815, ei ida ils 28-8-1841 en claustra S. Gion a Müstair ed ha mess giu il sogn profess ils 10-8-1843. Ella ha viviu sut il num Maria Ignazia ed ei morta a Müstair ils 24-7-1867. La secunda sora da tiu urat, Maria Barla Catrina Genelin, fuva maridada cun Giusep Mattias Violand da Sumvitg a Cumpadials. Els han giu duas feglias ed in fegl: Giulia, Giusep e Paula. Giulia fuva la madretscha da tia basatta ed ei

Was die Deutschsprachigen Stammbaum nennen und wir *stemma* oder *genealogia,* ist ein Eichenwald, sagte in bedeutungsschwerem Ton Onkel Riget, Bruder der Großmutter väterlicherseits. Und er fuhr mit dem Gedächtnis eines Elefanten fort:

Einer deiner zweiunddreißig Urururgroßväter, der Urgroßvater deiner Urgroßmutter, Mutter von Großmutter Fina, Crest Adalbert Genelin, geboren am 1.12.1730, war Landeshauptmann gewesen. Er war verheiratet mit Maria Baselgia, geboren am 16.9.1735, von Sumvitg. Sie hatten zwei Söhne und drei Töchter: Giachen Antoni, Maria Amarita, Maria Madleina und Bistgaun Andriu. Die Familie deiner Urururgroßmutter Baselgia war in Laus-Sumvitg sehr begütert. Bistgaun Andriu, dein Urururgroßvater, wurde am 18.4.1814 mit Barla Turtè Faller von Sumvitg getraut. Dein Urururgroßvater ließ sich also in Laus nieder, um dort die Güter seiner Mutter zu bestellen. Die Eheleute Genelin-Faller hatten drei Kinder: Maria Margreta, Maria Barla Catrina und Giachen Adalbert. Giachen Adalbert ist der Vater deiner Urgroßmutter. Maria Margreta, geboren am 5.3.1815, ist am am 28.8.1841 ins Kloster St. Johann in Müstair eingetreten und hat die heilige Profess am 10.8.1843 abgelegt. Sie lebte im Kloster unter dem Namen Maria Ignazia und starb in Müstair am 24.7.1867. Die zweite Schwester deines Urururgroßvaters, Maria Barla Catrina Genelin, war mit Giusep Mattias Violand von Sumvitg in Cumpadials verhei-

morta a Valdauna. Giusep era maridaus a Cumpadials e veva ina gronda famiglia. Il mistral Violand ei stau in fegl da quei Giusep. Paula, la secunda feglia, veva maridau Emanuel Schmid de Grüneck da Sumvitg a Bubretsch-Surrein. El era il frar digl uestg da Cuera da pli tard. Gl'aug Emanuel fuva padrin da mia sora Josefina.

ratet. Sie hatten zwei Töchter und einen Sohn: Giulia, Giusep und Paula. Giulia war die Patin deiner Urgroßmutter und ist in Valdauna gestorben. Giusep war in Cumpadials verheiratet und hatte eine große Familie. Landammann Violand war ein Sohn von diesem Giusep. Paula, die zweite Tochter, hatte Emanuel Schmid de Grüneck in Bubretsch-Surrein geheiratet. Er war der Bruder des späteren Bischofs von Chur. Onkel Emanuel war der Pate meiner Schwester Josefina.

Quei ch'ils Tudestgs numnan die Rätoromanen e nus ils Romontschs, ei in zoo, di cun vusch pesonta il tat e cuntinuescha cun ina segirtad sco da prender sabientscha cun caz ord ina snueivla vanaun. Bab! di la tatta cun egliada pitgiva. E miu tat dilucidava: «Jeu ditgel adina, lieber neugotisch als romanisch-depressiv.»

El veva tratg siaden las caultschas da Trun tochen bunamein si sut bratsch, quei che deva als buobs l'impressiun dad esser el circus.

Was die Deutschsprachigen ‹Rätoromanen› nennen und wir *ils Romontschs,* ist ein Zoo, sagte Großvater mit gewichtiger Stimme, als ob er die Weisheit mit dem großen Löffel aus einem mächtigen Kessel geschöpft hätte. Vater!, sagte Großmutter mit einem drohenden Blick. Aber mein Großvater fuhr fort: «Ich sage immer, lieber neu-gotisch als romanisch-depressiv.»

Er hatte sich die Hosen aus Trunser Tuch bis fast unter die Achseln hochgezogen, und das gab den Buben das Gefühl, im Zirkus zu sein.

«Kajin ha enconuschiu sia dunna, ella ei vegnida greva ed ha parturiu Chanoch. El aber ei vegnius construider d'in marcau ed ha clamau il num dil marcau suenter il num da siu fegl Chanoch.

A Chanoch ei Irad vegnius parturius, Irad ha fatg Mechujael, Mechujael ha fatg Metuschael, Metuschael ha fatg Lamech.

Lamech ha priu duas dunnas, il num dad ina era Ada, il num da l'autra Zilla. Ada parturescha Jabal, quel ei vegnius bab dils possessurs da tenda e muntanera. Il num da siu frar era Jubal, quel ei vegnius bab da tut quels che sunan sin harfa e flauta. Ed era Zilla ha parturiu, Tubal-Kajin, gizzader da tutta sort tagl ord metal e fier. La sora da Tubal-Kajin era Naama. Lamech ha detg a sias dunnas: Ada e Zilla, tedlei mia vusch, dunnas da Lamech, tedlei miu spruh: Gie, in um mazz' jeu per ina plaga ed in buob per ina sdrema! Gie, siatdublamein vegn Kajin vindicaus, aber siatontasiatdublamein Lamech!

Adam ha enconuschiu aunc inaga sia dunna, ed ella ha parturiu in fegl. Ella ha clamau siu num: Schet, plontina! pertgei: plantau ha Diu a mi in auter sem per Habel, perquei che Kajin ha sturniu el.

Era a Sched ei in fegl vegnius parturius, el ha clamau siu num Enosch, carstgaunin.

Lu han ins entschiet a clamar il NUM.

Quei ei il mussament dallas generaziuns dad Adam, il carstgaun.»

Genesis 4,17 – 5,1

«Kajin erkannte sein Weib, sie wurde schwanger und gebar den Chanoch. Er aber wurde Erbauer einer Stadt und rief den Namen der Stadt nach seines Sohnes Namen Chanoch.

Dem Chanoch wurde Irad geboren, Irad zeugte Mechujael, Mechujael erzeugte Metuschael, Metuschael zeugte Lamech.

Lamech nahm sich zwei Weiber, der Name der einen war Ada, der Name der zweiten Zilla. Ada gebar den Jabal, der wurde Vater der Besitzer von Zelt und Herde. Der Name seines Bruders war Jubal, der wurde Vater aller Spieler auf Harfe und Flöte. Und auch Zilla gebar, den Tubal-Kajin, Schärfer allerlei Schneide aus Erz und Eisen. Tubal-Kajins Schwester war Naama. Lamech sprach zu seinen Weibern: Ada und Zilla, hört meine Stimme, Weiber Lamechs, lauscht meinem Spruch: Ja, einen Mann töt ich für eine Wunde und einen Knaben für eine Strieme! Ja, siebenfach wird Kajin geahndet, aber siebenundsiebzigfach Lamech!

Adam erkannte nochmals sein Weib, und sie gebar einen Sohn. Sie rief seinen Namen, Schet, Setzling! Denn: gesetzt hat Gott mir einen anderen Samen für Habel, weil ihn Kajin erschlug.

Auch dem Schet wurde ein Sohn geboren, er rief seinen Namen Enosch, Menschlein.

Damals begann man den NAMEN auszurufen.

Das ist die Urkunde der Zeugungen Adams, des Menschen.»

Genesis 4,17–5,1

Il Blau scheva ch'ils Gedius seigien ina razza da Cain. El snegava sia derivonza. Sia mumma fuss stada ina Levy. Dasperas vess el saviu esser loschs da s'udir tier quei pievel, il sulet che veva surviviu cun siu Diu e ses Cudischs mellis onns. Aber el snegava ses antenats.

Onkel Blau sagte, die Juden seien eine Teufelsbrut. Er verleugnete seine Herkunft. Denn seine Mutter war eine Levy. Dabei hätte er stolz sein können, zu diesem Volk zu gehören, dem einzigen, das mit seinem Gott und seinen Büchern Jahrtausende überlebt hat. Aber er verleugnete seine Vorfahren.

Ina gada ella retscha fuvas ti a mauns. Mess si stretg sper tschel, sfurzaus da mirar anavon e tedlar tgei che vegneva dalla front. L'emprema instrucziun frontala. Instrucziun totala. Wollt ihr den frontalen Krieg?

Nus levan emprender da scriver, levan saver ils bustabs. Quels che vevan a casa geniturs sco bustabs ein vegni gl'emprem di en scola cun turnister che ferdava da curom niev e da pellegna, sco'ls nos, aber els vevan gia igl alfabet el tgau, savevan schizun scriver bustabs, aber mo ils squitschai. Il scolast fageva bustabs rodunds ch'ins saveva ligiar in vida l'auter sco ins leva. Ina idea geniala. E ferton che nus maliavan bustabs rodunds, mavan suenter cun la rida al bustab bov ch'il scolast veva maliau sin la tabla, mava nuot auter atras nies tgau che la muntada dil bustab: il rudi digl *o* ni il puchel dil *p* ni il caviertg digl *u* ni las onzas digl *l* e digl *e* ni il tunnel digl *n* ni il ziczac dil *z* ni l'opulenza digl *a* che nus sentevan senza saver tgei che quei seigi.

Einmal in der Reihe, warst du ausgeliefert. Neben den Nachbarn gepfercht, gezwungen, nach vorne zu schauen und dem zuzuhören, was von der Front her kam. Der erste Frontalunterricht. Totalunterricht. Wollt ihr den frontalen Krieg?

Wir wollten schreiben lernen, wollten die Buchstaben kennen. Jene, die zu Hause Eltern wie Buchstaben hatten, kamen zwar am ersten Tag mit Tornistern zur Schule, die wie die unsern nach Leder und Fell rochen. Aber sie hatten schon das Alphabet im Kopf, konnten sogar Buchstaben schreiben, aber nur die gedruckten. Der Lehrer machte runde Buchstaben, die man zusammenhängen konnte, wie man wollte. Eine geniale Idee. Und während wir runde Buchstaben malten, mit der Kreide dem großen Buchstaben folgten, den der Lehrer auf die Tafel gemalt hatte, ging uns nichts anderes durch den Kopf als die Bedeutung des Buchstabens: der Kreis des *o* oder der Buckel des *p* oder die Öffnung des *u* oder die Schlaufe von *l* und *e* oder der Tunnel des *n* oder der Zickzack des *z* oder die Opulenz des *a*, die wir spürten, ohne sagen zu können, was das sei.

Oz hai jeu scursaniu giu miu text sin in tschienavel. Da tschien lingias ei aunc ina restada. Igl ei uss exact sco jeu vi:

    Bauns tenevan las retschas, spartevan.

Oz hai jeu scursaniu giu mes antenats sin ina lingia. La lingia dils Levys. Per far la petta al Blau.

Heute habe ich meinen Text auf ein Hundertstel gekürzt. Eine Zeile ist geblieben. Jetzt ist es genau so, wie ich will:
    Bänke zwangen die Reihen zusammen, trennten.

Heute habe ich meine Vorfahren auf eine Linie gekürzt. Die Linie der Levys. Um Onkel Blau zu fuchsen.

Inagada ad onn vegneva igl inspectur en scola. El scheva buca ch'el vegni en scola. El scheva ch'el viseti la scola. Il local da scola, che fuva per nus la scola, fuva per el la stiva da scola. El veva il lungatg dil cudisch da lectura, sch'el vegneva suentermiezdi, e quel dil cudisch da quen, sch'el vegneva avonmiezdi. Igl inspectur scheva matematica, buca quen. El ei staus igl emprem en nossa giuvna veta che nus vein buca priu serius. Quei ei stau nies emprem contact cun ina autoritad cantunala.

Tgei veis fatg oz en scola? dumandava il tat da gentar. Oz se'gl inspectur staus, rispundeva il buob. Igl inspecter, constatava il tat.

Einmal im Jahr kam der Inspektor in die Schule. Er sagte nicht, er komme in die Schule. Er sagte, er visitiere die Schule. Das Schullokal, das für uns die Schule war, war für ihn die Schulstube. Er sprach die Sprache des Lesebuches, wenn er nachmittags kam, und jene des Rechenbuches, wenn er vormittags kam. Der Inspektor sagte Mathematik, nicht Rechnen. Er war der erste Mensch in unserem jungen Leben, den wir nicht ernst genommen haben. Es war unser erster Kontakt mit einer kantonalen Autorität.

Was habt ihr heute in der Schule gemacht?, fragte Großvater beim Mittagessen. Heute war der Inspektor da, antwortete der Bub. Der Inschpekter, konstatierte Großvater.

Cu ti eis gronds, vas ti sin claustra, veva il padrin detg. El fageva in meter e dudisch. Cu el fuva gronds, leva el fimar pipa, sco il padrin, cun tubac Amsterdamer, sco il padrin, senza stuer tuscher e senza stuer sferdentar traso cun aua freida il péz dalla lieunga che barschava suenter aunc pli fetg. El mava, cu el era gronds, cun motor sco'l padrin, patertgava el, cu el seseva davos e seteneva fetg entuorn veta a lez e struclava ferm la fatscha encunter la camischa da fliec che suflentava. E tschel mava sc'in scroc sin la via cantunala ch'era buc aunc asfaltada, e nus vevan bu capellinas e bu resti da curom, ed il tempo fuva bu limitaus, e davos nus schavan nus ina puorlanza ed ella puorlanza las chitschabenas da fauvés dils anno 50 che vevan il blinker che fuva in paliet che vegneva ora sut il tetg sper la porta. Ni ch'el seseva davon ed il padrin fuva in chenguru, ed el senteva il cauld dil venter d'in um. La tatta sevilava che ses fegls seigien stuornadira ed il buob ha a mi buca dad ir sil téf! – Töf, tatta, töf ha quei num.

El panzava buca fetg stuorn, el fageva in meter e dudisch, e quei dad ir sin claustra fuva aunc lunsch naven. Quels che mavan sin claustra fuvan silmeins in meter e tschunconta, ed aschi spert vegnevan ins buca schi gronds. Mintgaton cu il padrin fuva in chenguru, decideva el da

Wenn du groß bist, gehst du in die Klosterschule, hatte der Götti gesagt. Er war einszwölf. Wenn er groß war, wollte er Pfeife rauchen wie der Götti, mit Amsterdamer Tabak wie der Götti, und ohne zu husten und ohne dauernd mit kaltem Wasser die Zungenspitze kühlen zu müssen, die hinterher nur umso stärker brannte. Als Großer würde er ein Motorrad fahren wie der Götti, dachte er, wenn er hinten saß und jenen fest um die Taille hielt und das Gesicht heftig ans flatternde Flanellhemd drückte. Und der Götti fuhr wie ein Bandit auf der Kantonsstraße, die damals noch nicht asphaltiert war, und wir hatten weder Helm noch Lederbekleidung, und es gab keine Geschwindigkeitsbeschränkung, und wir ließen eine Staubwolke hinter uns und in der Staubwolke die Lotterkisten von Vauwehs aus den fünfziger Jahren, deren Blinker ein Zeiger war, der unterm Dach neben der Tür hervorklappte. Oder er saß vorn, und der Götti war ein Känguru, und er fühlte die Wärme eines Männerbauches. Großmutter schimpfte, ihre Söhne seien allesamt verrückt geworden und: Der Bub hat mir auf dem Téf nichts verloren! – Töff, Großmutter, Töff heißt das.

Er sorgte sich nicht allzu sehr, er war einszwölf, und das mit der Klosterschule war noch weit weg. Wer aufs Kloster ging, war mindestens einsfünfzig, und so rasch wurde man nicht so groß. Manchmal, wenn der Götti ein Känguru war, entschloss er sich, nicht mehr weiterzuwachsen. Aber dann hatte er wieder Angst, am

buca crescher vinavon. Denton el temeva da daventar in sco'l Gog, in gnom cun ina cavazzuna sil tgierp d'in nanin.

Ed el veva in nausch siemi ch'el mondi sin claustra cu el seigi gronds. Aber cu el eri leu, fuvi el in dils pigns, ed el miravi si da scala che mava sin baselgia da Nossadunna, scala cun nundumbreivels scalems bass, lads, mirava sin quels schleris dallas latinas sur el, che fuvan sco dad esser en autras alzadas, autras sferas, lautgas, carschi el liung, ils biars mal proporziunai cun gambetscha e culiazs stendi, che ferdavan da glieud che crescha per maina calar. Ed ils paders eran ners, fuvan orda plaun, aults, sco sin stadals sut las rassas muzzachettas che ballantschavan pils zulers, che ferdavan da caltschina e camfer.

Ende so zu werden wie der Gog, ein Gnom mit einem Riesenschädel auf dem Körper eines Zwergs.

Und er hatte einen schlimmen Traum, er sei groß und gehe im Kloster zur Schule. Aber als er dort war, sei er einer der Kleinsten gewesen, und er habe die Treppe hinaufgeschaut, die zur Marienkirche führt, eine Treppe mit unzähligen niedrigen, breiten Stufen, habe zu den langen Kerlen der Lateinklassen über ihm hochgeguckt, die wie auf anderen Stockwerken lebten, in anderen Sphären, auf Emporen, Balkonen, in die Höhe geschossen, die meisten unproportioniert, mit zu kurzen Hosenstößen, langen Hälsen, nach Wachstum ohne Ende riechend. Und die schwarzen Patres schritten hoch über allem einher, schwebten wie auf Stelzen in ihren Habits durch die langen Gänge, die nach Kalk und Kampfer rochen.

«Gibts Länder, Vater, wo n i c h t Berge sind? – Bab, dat ei terras senza culms?»

Quella construcziun fatschentava adina puspei el. El fuva il buob da Tell che mirava si sil bab che veva siu maunun ad el sin la schuiala. El saveva mo ch'i detti tiaras, greppa, senza bab.

«Gibts Länder, Vater, wo n i c h t Berge sind?

Der Satz beschäftigte ihn immer wieder aufs Neue. Er war der Tellensohn, der zum Vater aufschaute, dessen Riesenhand auf seiner Schulter ruhte. Er wusste nur, dass es Länder, Felsen ohne Vater gab.

La visiun digl aug Riget digl onn duamelli, e co quei sesviluppeschi cul turissem d'unviern, sche quei mondi vinavon aschia, e che nus vegnien aunc rassists, sch'ei harregien da carmalar neutier jasters e zunghiar si els a nossa pézza, mo per posta ch'in pèr veglien metter raps da sac giu ed ir cun la groma. Savein nus prestar, cresmava igl aug Riget encunter mesanotg cul nas ensi ed il baditschun tut agradora, savein nus prestar da canalisar las alps, da far or dad ellas in asen marenghiner, dumandava el senza enzenna da damonda. Lu fageva el fers ch'ils asens marenghiners seigien da cartun e cu jeu seigi gronds, fetschi jeu ina poesia, l'Avemaria dils paltruns, e metti giu ella en ina specia da hexameters zuppegiotters, ils vers dallas hexas e striuns.

Quella poesia hagi ni tgau ni cua, ni fin ni misericordia, e cu ella seigi finida, entscheivi ella puspei davontier.

Onkel Rigets Vision vom Jahr Zweitausend und der Entwicklung des Wintertourismus, wenn das bei uns so weitergehe, und dass wir noch zu Rassisten würden, wenn sie immer noch mehr Touristen herbeilocken und unseren Bergen aufzwingen würden, bloss wegen ein paar Wenigen, die kassieren und abrahmen wollten. Können wir es uns leisten, donnerte Onkel Riget Richtung Norden, gerecktes Kinn, die Nase in der Luft, können wir es uns leisten, die Alpen zu kanalisieren, zu einem Goldesel zu machen. Er fragte ohne Fragezeichen und meinte, die Goldesel seien aus Pappe, und wenn ich einmal gross sei, würde ich ein Gedicht schreiben, den Betruf der Banditen, in einer Art hinkenden Hexametern, dem Versmass der Hexen und Hexer.

Dieses Gedicht hätte weder Kopf noch Schwanz, weder Ende noch Erbarmen, und wenn es fertig sei, beginne es gleich wieder von vorn.

– Tgeeeei? Vul veser las cauras digl uestg? veva igl aug Blau detg e pressiau cun las palmas maun mias ureglias encunter miu tgau ed alzau mei in meter orda plaun, ed jeu grevel da schar dar, e quei tup Blau tuagner scheva: – Vesas las cauras digl uestg: blauas, cotschnas, melnas, verdas ...

— —

Jeu sun vegnius neunavon sin canapè. Sur mei il tgau dalla tatta, dil tat, la tiasta dil Blau ch'empruava da rir sia fatalitad ord il mund. Oh, jeu hai priu ensemen tut la gretta pompusa, ch'in buob da sis onns rabetscha ensemen, e giblau e mussau las greflas, tochen ch'il Blau ei ius ord stiva.

Tgei ei quei, emprender? vevel jeu dumandau el inagada cugl interess digl affon.

Quei vegnas ti aunc sissu baul avunda, la risposta. Dapi lu pudevel jeu buca ver quella cumparsa che s'udeva en nossa famiglia.

– Waaaas? Soll ich dir zeigen, wo Bartli den Most holt?, hatte Onkel Blau gefragt und mir mit beiden Händen die Ohren an den Kopf gepresst und mich so einen Meter hochgehoben, und ich hatte geschrien, er solle mich loslassen, aber dieser dumme Trampel Blau hatte nur gesagt: – Siehst du, wo er den Most holt, die Mosterei ist blau, rot, gelb, grün ...

— —

Ich erwachte auf dem Kanapee. Über mir die Gesichter von Großmutter und Großvater und die Fresse von Onkel Blau, der versuchte, seine Verlegenheit aus der Welt zu grinsen. Oh, da nahm ich die ganze große Wut zusammen, deren ein Bub von sechs Jahren fähig ist, und schrie gellend und zeigte die Krallen so lange, bis er die Stube verließ.

Was ist das, lernen?, hatte ich ihn einmal mit dem Interesse des Kindes gefragt.

Das erfährst du noch früh genug, war die Antwort gewesen. Von da weg konnte ich diese Figur, die zu unserer Familie gehörte, nicht mehr ausstehen.

Oz vegn il din, e la detscha vegn, e tut quels, e perquei hai jeu stuiu trer en la mondura dall'emprema sontga communiun cul poschet, ed jeu hai che morda dapertut ed astgel buca sesgartar, ed igl ei – buaah – l'aria da dumengia el luft, e las buobas han en cnisoccas alvas.

Avonmiezdi il fried dalla messa cantada. Ina cumbinaziun dallas odurs. Mintga part dalla baselgia che freda auter, e sisum enamiez igl arviul seradunan ils friads ella radunada dils aunghels si leu. Tegnan els ora quei? Stuess quei arviul bu siglientar dalla tensiun da friads, suspirs, resti schuber, rassas plissadas? Ed ils friads vegnan or dallas scaffas che han aviert ina fessa, friads da Consolaziuns che sueran d'ureglias asen, da pupi da detta, da spida, da notas e canzuns stadas. Ord il confessiunal il fried da suau, da puccaus, quel dall'umbriva dil confessur garnugliau che sustegn il tgau cun la palmamaun davos in garter gries e teidla, smuglia, cava, tila grad la stola, damonda, aulza la palma, absolva. Il fried dils moviments adina ils medems, e cu ti stattas en schanuglias fa ei ordadora cazzola cotschna. Il fried dil liug, el qual ti drovas buca hanliar. Daco dat il Diu dil Veder Testament buca penetienzia? Cun quel havess ins saviu sedispitar. Daco dat la mort penetienzia?

Giu da laupia il bu puder si cul flad dil fol che tuscha, il sursinem dallas tiblas surschadas

Heute kommt der Götti, und auch die Gotte kommt, alle kommen, und darum muss ich den Erstkommunionsanzug mit dem Poschettchen anziehen, und es beißt mich überall, und ich darf nicht kratzen, und – buaah – alles riecht nach Sonntag, und die Mädchen tragen weiße Kniestrümpfe.

Am Vormittag der Geruch von Hochamt. Eine Kombination von Düften. Jede Ecke der Kirche riecht anders, und hoch oben, mitten im Gewölbe, vereinigen sich die Gerüche in der Versammlung der Engel. Ob die das aushalten? Müsste sie das Gewölbe nicht sprengen, diese spannungsgeladene Mischung von Gerüchen, Seufzern, sauberen Kleidern, plissierten Röcken? Und Gerüche strömen aus Schränken, die einen Spalt weit offen stehen, Gerüche von eselsohrigen Gesangbüchern, braun befingertem Papier, eingetrockneter Spucke, von Noten und abgestandenen Gesängen. Aus dem Beichtstuhl der Geruch von Schweiß und Sünde; der Schattengeruch des Beichtvaters, der gebeugt hinter dem dicken Gitter sitzt, den Kopf in die Hand gestützt zuhört, brummelt, grübelt, die Stola zurechtzupft, die Hand erhebt, die Absolution erteilt. Der Geruch der immer gleichen Gesten und Gebärden, und beim Niederknien geht außen das Rotlicht an. Der Geruch des Ortes, wo es nichts zu markten gibt. Warum hört nicht der Gott des Alten Testaments die Beichte? Mit dem hätte man streiten können. Weshalb hört der Tod die Beichte?

Von der Empore herunter das Keuchen und Husten

senza remischun al tschavatem digl orgalist, il fried da parfem bienmarcau da chor mischedau, buccas aviartas, tuttas drizzadas encunter in dirigent frestg cun quater bratscha e cul tschiep ensi sco cura ch'ins sgola, senoda. Leugiu ord il tabernachel il fried da calischs e dil sontgissim davos uhams d'aur. Il fried da teschamber, rassas, paramenta, vin alv e candeilas, augsegners, predicaturs jasters, calusters cun cazzets. Il fried dil chor ei quel d'altars e stgalinas, scalems, zoclas e fers, fems e fimaglia. Il fried dil clutger ei quel da miraglia, miurs, mesas miurs, tretschas e zenns e dil sinzur dall'ura glimaria che sgara. Il fried dalla nav ei quel dalla glieud, dallas femnas, dallas frisuras e chics, dil resti da dumengias. Il fried dils parfems mischedai cun las tuttas sorts dils friads dils corps dalla glieud. Il fried general mantegn adina la nota freida dils mirs, da bauns, pusals, pusalaus, parsegls e parseuls, la freida nota dallas pegnas d'electrisch strubegiadas posteriuramein d'in electricher cun tschoss blau sut ils bauns si, pegnas cun in cauld penetront che rumpa il freid sco tagliau empermiez. Il freid stat lu cheu sc'in tgutg, fendius, e denteren ei il cauld da metal digl electrisch. Da miezdi il fried dalla buglia da truffels, e nus stein pulits davos meisa, astgein far cul tschadun grond ina ruosna ella uatra per far in lag cun la sosa, e vonzei savein nus

der Orgelbälge, das heisere Flöten des Pfeifenwerks, rettungslos der Stümperei des Organisten ausgeliefert, der billige Parfümgeruch von gemischtem Chor, aufgesperrte Münder, alle auf einen frischfrohen, vierarmigen Dirigenten gerichtet, dessen Kittel nach oben gerutscht ist, als ob er fliegen, schwimmen würde. Aus dem Tabernakel der Geruch von Kelchen und Allerheiligstem hinter goldenen Behängen. Der Geruch von Sakristei, Chorhemden, Pluvialen, Paramenten, Weißwein und Kerzen, Pfarrern, Gastpredigern, löschhornbewehrten Sigristen. Im Chor riecht es nach Altar und Geschell, Stufen, Zotteln und Ziereien, Schleiern und Schwaden. Kirchturmgeruch ist Geruch von dicken Mauern, Mäusen, Fledermäusen, Lederseilen und Glocken und das metallische Scharren und Scheuern der mächtigen Uhr. Der Geruch im Schiff ist der Geruch der Leute, der Frauen und Frisuren, der Chignons und Sonntagsgewänder. Rasierwasser, vermischt mit den verschiedensten Körpergerüchen. Der allgemeine Geruch behält immer die kalte Note der Mauern bei, der Bänke, Balustraden, Lehnen, Stützen, Säulen und Simse, die kalte Note der Elektroöfen, nachträglich von einem Elektriker in blauer Schürze unter die Bänke montiert, Öfen mit einer beißend scharfen Wärme, welche die Kälte wie mit einem Messer durchdringt. Die Kälte steht dann übertölpelt da, zerteilt, und mittendrin ist die metallische Wärme der Elektrizität. Mittags der Duft von Kartoffelstock, und wir sitzen artig hinterm Tisch, dürfen mit dem großen Löffel ein

buca schar star da far ina canal e schar ir ora la sosa e magliar lag e tut. La platta cun las talgias barsau e la sosa bunamein nera, la buglia, ils cocs e rieblas ein sil rescho ch'ei sin meisa mo la dumengia. Ils tagliors ein calira. Ei freda da candeila, da zulprins stezs, da dumengia da gentar cul resti bi, stretg, che morda.

Loch in den Brei machen, einen See für die Sauce, und plötzlich können wir der Versuchung nicht mehr widerstehen, einen Kanal zu graben und die Sauce auslaufen zu lassen und den See und alles auf der Stelle aufzuessen. Die Schüssel mit den Bratenscheiben und der nahezu schwarzen Sauce, der Brei, die Erbsen und Karotten sind auf dem Rechaud, der nur sonntags auf dem Tisch steht. Die Teller sind glühend heiß. Es riecht nach Kerze, erloschenen Streichhölzern, nach Mittagessen im Sonntagsstaat, der beengt und kratzt und juckt.

«Tgu, tgu, cavalier ...»

Il Blau recamau va agradsi sc'in calissun cul cafanun bov davon la processiun, batta cun passuns encunter il buf d'in vent che sdrappa ella teila sontga, che scadeina vidaneu zoclas e suflenta ora igl entscheins dil camischut dorau.

El ei in losch cavalier medieval che batta sco civilist encunter il vent.

Il Blau veva las premissas per la specia da ‹cavaliars da scapulors› ch'il Turengia fageva ir vidaneu il schnuz cu el risdava dad els: Ils cavaliers digl Uorden dalla sontga fossa da Gerusalem.

«Hoppe, hoppe, Reiter ...»

Onkel Blau stelzt geschniegelt und steif wie ein Storch mit der großen Fahne zuvorderst in der Prozession, kämpft schweren Schrittes gegen einen Windstoß, der am heiligen Tuche zerrt, an den Troddeln und Quasten rüttelt und den Weihrauch aus dem golddurchwirkten Chorhemd bläst.

Er ist jetzt ein stolzer mittelalterlicher Ritter, der in Halbzivil gegen den Wind kämpft.

Onkel Blau erfüllte die Prämissen für jene Art von geistlichen Kriegern, von denen der Turengia bisweilen erzählte, nicht ohne dabei den Schnauz hin- und hergehen zu lassen: die Ordensritter vom Heiligen Grab zu Jerusalem.

La tatta di: Bab, muossa bu da quei tup ali buob! La tatta di bab al tat. Il tat di mumma alla tatta. La tatta dat savens reffels al tat. Il tat sa far ir vidaneu siu barbis quader da Hitler sc'in Chaplin. La tatta di tup al tat. Il tat metta si la melona, pren la canna, penda ella el bratsch. Va da zuler si, vegn da zuler giu, ils calzers fan dies ault, miran dalla vart ora. Il tat pren la canna ella detta e fa ir ella entuorn. La canna ei ina roda. Il tat ei ina numra. Vidaneu va il schnuz. La tatta e tuts sgnuflan e rian.

Großmutter sagt: Vater, mach dem Bub keine Dummheiten vor! Großmutter sagt Vater zum Großvater. Großvater sagt Mutter zu Großmutter. Großvater wird von Großmutter oft gerüffelt. Großvater kann sein eckiges Hitlerschnäuzchen hin- und herbewegen wie ein Chaplin. Großmutter blickt streng auf Großvater. Großvater setzt die Melone auf, nimmt den Spazierstock, hängt ihn an den Arm. Geht den Gang hoch, kommt den Gang herunter, die Schuhe machen einen Buckel, schauen seitwärts. Großvater nimmt den Spazierstock zur Hand, lässt ihn herumwirbeln. Der Stock ist ein Rad. Großvater ist eine Nummer. Hin und her geht der Schnauz. Großmutter und alle andern prusten vor Lachen.

Il tat di: «Don Ramón del Valle-Inclán, il poet, era in che viveva da nuot e mureva tuttina buc. El carteva el vagabundesser. Sur da sia paupradad sederasavan las legendas: Cu el vegni a casa, stoppi el igl emprem mular avon d'esch, per che las miurs fetschien la scampafora. El veva survegniu enten dispitar ina cun la canna dil scribent Manuel Bueno. Il miedi veva fuschergiau. Ei ha dau ina tussegaziun. Il miedi decida da prender naven il bratsch. Suenter l'operaziun ha Valle-Inclán fimau ina toscana e manegiau: ‹Uff, co il maun fa mal.› In temps suenter ha el fatg vegnir il rival tier el ed ha detg: ‹Tgei sei, Bueno, lein emblidar quei. A mi resta gie aunc il maun dretg, da struclar il tiu!›»

Großvater sagt: «Don Ramón del Valle-Inclán, der Poet, war einer, der von nichts lebte und doch nicht starb. Er glaubte an die Bohème. Seine Armut wurde legendär. Wenn er nach Hause kam, so erzählte man sich, habe er zuerst vor der Tür miauen müssen, damit die Mäuse das Feld räumten. Im Streit hatte er vom Schriftsteller Manuel Bueno eins mit dem Stock bekommen. Der Doktor hatte gepfuscht. Es gab eine Blutvergiftung. Der Doktor beschloss, den Arm zu amputieren. Nach der Operation rauchte Valle-Inclán eine Toscano und meinte: ‹Uff, wie die Hand schmerzt!› Einige Zeit später ließ er den Rivalen zu sich kommen und sagte: ‹Was soll's, Bueno, vergessen wir's. Mir bleibt ja noch die rechte Hand, um die deine zu drücken!›»

La veglia cupidava en sia sutga, smugliava in meil. Onna Maria Tumera, numnada Oria, fuva mia basatta. Ella veva bugen tgauns, veva viu la tundra, sunava treis instruments, binglava cun detta secca dalla mort sin in tschembalo da fugir ch'jeu sai aunc. Quei manizzar Johann Sebastian Bach sigl instrument ha fatg che tuts, dano ella, han pigliau surasenn sin Bach. Jeu sin sia busta alva spel metronom, che fuva in absolut senza remischun, cu el fuva tratgs si e mava giu el tact. Ed il metronom fuva adina tratgs si. Il tat fageva la damaun la tura, targeva si l'ura stiva, targeva si l'ura-cucu, targeva si sia ura libroc, mava spel metronom ora, targeva si lez, deva ina egliada da nausch sin Bach.

Il tat fuva ina sort pedel che veva da dir nuot. Las femnas regetavan. Persuenter veva el era buca da schubergiar sc'in pedel. El veva sulet il domini dallas clavs da trer si, dallas clavs da serrar. Punct mesa las diesch mintga sera avon ch'jeu sedurmenti mavan ils pass temprai pum, pum, pum da scala giu. La kaba mava entuorn treis gadas, la falla mava engiu duas gadas – fidava el buc alla clav ch'ella hagi serrau? fidava el buc a sesez ch'el hagi menau? – ils pass mavan puspei da scala si el medem tempo. Cu'l tat ei staus morts, ein ils pass aunc i in'uriala. In di hani calau.

Die Alte döste in ihrem Stuhl, mummelte an einem Apfel. Onna Maria Tumera, genannt Oria, war meine Urgroßmutter. Sie liebte Hunde, hatte die Tundra gesehen, spielte drei Instrumente. Ich kann mich noch erinnern, wie sie mit trockenen Spinnenfingern ein schreckliches Cembalo schlug, dass es zum Davonlaufen war. Dieses Herunterrasseln des Johann Sebastian Bach auf ihrem Instrument hatte zur Folge, dass alle – außer ihr – eine heftige Abneigung gegen Bach hegten. Ich besonders gegen dessen weiße Büste, die neben dem Metronom ihren Platz hatte. Dieses, einmal aufgezogen und in Gang gesetzt, war etwas Absolutes, kannte kein Pardon. Und aufgezogen war das Metronom immer. Großvater machte morgens die Runde, zog die Stubenuhr auf, die Kuckucksuhr, zog seine Taschenuhr auf, kam am Metronom vorbei, zog auch dieses auf, nicht ohne bösen Blick auf Bach.

Großvater war eine Art Hauswart, aber ohne Befehlsgewalt. Die Frauen regierten. Zum Ausgleich musste er auch nicht putzen wie ein Hauswart. Er hatte nur die Herrschaft über die Schlüssel inne, über jene zum Aufziehen und jene zum Abschließen. Abend für Abend punkt halb zehn hörte ich vor dem Einschlafen – pum, pum, pum – die bedächtigen Schritte die Treppe runter. Dreimal drehte sich das Kabaschloss, zweimal senkte sich die Klinke – traute er dem Schloss nicht?, traute er sich selber nicht? –, und im selben Rhythmus gingen die Schritte wieder die Treppe hoch. Als Großvater tot war, waren die Schritte noch eine Weile zu vernehmen. Eines Tages hörten sie auf.

Las clavs dils mischlos vesevan ora sco las clavs da trer si. Quei fuvan mischlos ualti gronds. Ed els fuvan si dapertut. Quei fuva il temps dils mischlos. Mischlos sin la porta-clavau, mischlos sils eschs-nuegl, mischlos sin las geinas-camon, buors sin la bargia, buors sil gagliner, buors sin l'escha-tschaler. Il tat veva las clavs da tut ils mischlos. Quellas fuvan buc en in rin. Ellas vevan mintgina en ina corda cun ina tezla che veva scret si, tgei clav ch'ei seigi. Il tat vess era enconuschiu las clavs senza tezla. Sulet la clav dalla cassa, che la banca veva dau da metter en il rap, veva il tat buc. E la clav dil negher che deva il tgau, cu nus mettevan en il rap, veva il tat buc. Quels raps mavan ell'Africa. Il tat veva neginas clavs en in rin. El fuva buca in survigilader da perschun.

Die Schlüssel zu den Vorhängeschlössern sahen gleich aus wie die Schlüssel zum Aufziehen der Uhren. Diese Vorhängeschlösser waren ziemlich groß. Und sie hingen überall. Es war das Zeitalter der Vorhängeschlösser. Vorhängeschloss am Scheunentor, Vorhängeschloss an der Stalltür, Vorhängeschloss am Schweinestall, am Holzschopf, am Hühnerhaus, an den Kellertüren. Großvater hatte die Schlüssel zu allen Vorhängeschlössern. Diese Schlüssel hingen nicht an einem Bund. An jedem einzelnen hing an einer Schnur ein Etikett, auf welchem stand, um welchen Schlüssel es sich handelte. Großvater hätte die Schlüssel auch ohne Etiketten gekannt. Aber den Schlüssel zur Sparkasse, welche die Bank gegeben hatte, um den Batzen reinzuwerfen, den hatte Großvater nicht. Auch den Schlüssel zum Negerchen, das nickte, wenn man den Batzen einwarf, hatte Großvater nicht. Diese Batzen waren für Afrika. Großvater hatte keine klappernden Schlüssel an einem Bund. Großvater war kein Gefängnisaufseher.

La rassa balentga deva al pontifex maximus la cumparsa d'ina tatta burlanda. La veglia tatta fageva pass manedels, vegneva strusch dad alzar la canna, nundir da duvrar ella sco sustegn. Onna Maria Tumera, numnada Oria, tschaghegna ella siun e commentescha: Il papa sa strusch star pli sin peis, fa mo pass pignpigns. Quella baba che dat en venter, sch'ils dus cardinals che flancheschan el ein buca sissu, quella pulaca polaca. Igl ei risadas. Quei asil da vegls. En tgei tschentaner ein quels cun lur gneflas e cannas crutschas e dies aults?

Nus lein in papa cun barba! protestava il tat.

In seinem unförmigen Weiberrock sah der Pontifex Maximus aus wie eine ausgestopfte Großmutter. Eine Großmutter, die sich mit winzigen Schritten vorwärtsbewegte und ihren Krummstab kaum zu heben, geschweige denn als Stütze zu gebrauchen vermochte. Onna Maria Tumera, genannt Oria, warf einen schrägen Blick in den Parat und kommentierte: Der Papst kann kaum noch stehen, macht nur klitzekleine Schritte. Der fällt stracks auf den Bauch, wenn die Kardinäle auf beiden Seiten nicht aufpassen. Zum Lachen ist er, dieser polnische Popanz. Ein Altersheim. In welchem Jahrhundert leben die eigentlich mit ihren Mitren und Krummstäben und Buckeln?

Wir wollen einen Papst mit Bart!, protestierte Großvater.

Onna Maria Tumera, la menschevica, saveva tgei ch'ella leva, leva quei ch'ella scheva, scheva quei ch'ella tertgava. Ella veva en rassa liunga nera da basatta ord la quala ella vegneva adina cun ruclas alvas e fageva: Tscheu buob, in feffermin. Jeu s'imaginavel ch'ei stoppi esser in sac denter las fauldas che mava afuns giuaden el profund, che calava mai da ver en feffermins, in sac che negin fuva aunc staus en dano il maun dalla veglia Tumera. E cu ei recitavan il de profundis, schevel jeu suenter sonor als umens: Dalla profun dil tat, denton che quei hagi da far cul tat nuot, scheva zatgei en mei, pertgei ei entscheveva immediat a ferdar alv da feffermins che vegnevan ord il profund dalla rassa dalla basatta. Ella per ella smugliava ella gabas, zuchers ners, romboids, plats ch'ella schava vegnir in ad in sin la palmamaun ord ina scatla blaua da tola che veva in uvierchel vess da stuschar strusch il centimeter, e lu vegneva ina platta cun ina ruosna stgira en in cantun, ord la quala ina gaba alla gada vegneva, cura ch'ella vulveva la scatla e metteva ella sil tgau e pitgava dalla vart cul det.

Onna Maria Tumera, die Menschewikin, wusste, was sie wollte, wollte, was sie sagte, sagte, was sie dachte. Sie trug einen langen, schwarzen Urgroßmutterrock, aus dem sie immer weiße Kugeln hervorkramte und sagte: Da Bub, ein *feffermin*. Ich stellte mir vor, dass es zwischen diesen vielen Falten eine Tasche geben musste, welche weit in dunkle Tiefen hinunterreiche und einen unerschöpflichen Vorrat an Pfefferminzbonbons enthielt, eine Tasche, in der mit Ausnahme der Hand der alten Tumera noch niemand gewesen war. Und wenn das *De profundis* gebetet wurde, sprach ich in sonorem Ton den Männern nach: *Dalla profun dil tat,* aber eine innere Stimme sagte mir, dass das mit dem *tat,* mit Großvater, nichts zu tun hatte, denn die Wörter begannen sofort weiß nach jenen Pfefferminzen zu riechen, die aus der tiefsten Profundität von Urgroßmutters Rock kamen. Selber mummelte Oria Gabas, flache kleine Rhomben aus schwarzem Zucker, die sie einen nach dem andern aus einer blauen Blechschachtel holte. Deren Deckel ließ sich einen knappen Zentimeter zurückschieben und gab so ein Blech mit einem kleinen dunklen Loch in einer Ecke frei, aus dem dann jeweils ein Gaba aufs Mal kam, wenn sie die Schachtel auf den Kopf drehte und mit dem Finger an die Seite klopfte.

Oria fuva ina stria da metter giu plaids, havess saviu metter si ils mauns e medegar, tertgava la glieud. Ella ha refusau il striegn, mess si la palma ina suletta ga ad in malsaun, fatg cuortas, culs plaids da Wilhelm III, igl Oranier: «Dieus detti a ti ina megliera sanadad e pli bia ferstan!»

Oria konnte verflixt gut Wörter setzen, Wörter fügen, Wörter legen, hätte auch die Hände auflegen und heilen können – dachten die Leute. Sie aber hat die Zauberei abgelehnt, hat nur einmal einem Kranken die Hand aufgelegt, kurz und bündig, mit den Worten von Wilhem III., dem Oranier: «Gott gebe dir eine bessere Gesundheit und mehr Verstand!»

Dapi ch'il tat fuva vegnius a casa cun mo in bratsch, veva Oria calau da leger ord las lingias dils mauns. Ella salvava per ella quei ch'ella veseva. Ella veseva ch'il buob veva ina ferma lingia horizontala tras la palmamaun vi. La lingia che las schemias ed ils mongoloids han, e la specia da humans ch'ins sa buca zunghiar ella massa. Steivan Liun Dragun, il malegiataurs, veva quella lingia. Alexander Puschkin cun l'urdadira negroida ed il profil d'ina schemia stueva ver giu quella lingia. Omisdus, dus meisters da semidar da humans en antropoids, da schemias en tighers terments.

Oria mirava sil buob che s'udeva tier quels ch'ein mai cuntents cun quei che vegn senza fadigia, quels che vulan quei ch'ei sur els, ch'ei mo da contonscher cun in segl terment.

E cu ils da Schlans vegnevan e cun lezs ils uviarchels da ses egls pli e pli grevs e devan giu, ed el mava en tschei mund, scutinava la vegliuorda en sia ureglia sco da scungirar: U che ti fas il segl ni che ti fas buc e restas, sco ils biars, in giud la cua dil giavel.

Als Großvater einarmig heimgekehrt war, hatte Oria das Handlesen aufgegeben. Was sie wusste, behielt sie für sich. Sie sah, dass der Bub eine starke horizontale Linie in der Handfläche hatte. Jene Linie, welche Affen und Mongoloide haben und jene Gattung Mensch, die sich nicht in die Maße zwingen lässt. Steivan Liun *Dragun,* der Stiermaler, besaß diese Linie. Alexander Puschkin mit den negroiden Gesichtszügen und dem Profil eines Affen musste diese Linie gehabt haben. Beides Meister in der Kunst, sich aus Menschen in Anthropoiden zu verwandeln, aus Affen in mächtige Tiger.

Oria schaute auf den Bub, der zu jenen gehörte, die sich nie mit dem zufrieden geben, was ihnen in den Schoß fällt. Zu jenen, die das wollen, was außer Reichweite liegt, was nur mit einem mächtigen Sprung erlangt werden kann.

Und wenn die Heinzelmännchen kamen und ihm die Lider schwer wurden und er auf der Schwelle war in die andere Welt, flüsterte ihm die Alte beschwörend ins Ohr: Entweder machst du den Sprung, oder du machst ihn nicht und bleibst einer von vielen, einer von der Stange.

Il tat veva siu agen lungatg. Quels ch'enconuschevan buc el udevan mo plaids e miravan in sin l'auter sco enzennas da damonda crutschas. Quei fageva ir vidaneu il barbis quader dil tat.

La mumma Conserva ha rimnau sias butteglias ella cucagna – vuleva dir: La partida cristiandemocrata ha radunonza da commembers el hotel Cucagna.

Großvater hatte seine eigene Sprache. Wer ihn nicht kannte, hörte nur Wörter und schaute dann drein wie ein schiefes Fragezeichen. Was Großvaters eckiges Schnäuzchen hin- und hergehen ließ.

Die Mutter aller Konserven versammelt ihre Flaschen im Schlaraffenland von Desertina hieß zum Beispiel: Die Christlichdemokratische Volkspartei hält ihre Mitgliederversammlung im Hotel Cucagna in Disentis ab.

Gl'unviern cuzzava pil tat dil november entochen la fin d'avrel.

Gl'unviern fuva il tat il pli savens per liung sin canapè cun in sac da lamezza tscherescha sil frunt ni sil venter. Lu rugadava el neunavon historias sco da prender caussas misteriusas ord in truchet vegl profund che mava vess. El scheva che las historias seigien el sac da lamezza, mintga lamezzi ina historia, e perquei seigi ei mai finiu cun las historias. Nus tedlavan cun bucca e nas. E cu el calava da raquintar, dumandavan nus mintga ga sco ord ina bucca: – Epi?

Großvaters Winter dauerte von November bis Ende April.

Im Winter lag er meist auf dem Kanapee mit einem wärmenden Kirschkernsack auf Stirn oder Bauch. Dann pflegte er Geschichten hervorzukramen wie geheimnisvolle Gegenstände aus einer alten, tiefen, klemmenden Schublade. Er sagte, die Geschichten seien im Kirschkernsack, jeder Kern eine Geschichte, und darum habe es mit den Geschichten nie ein Ende. Wir lauschten atemlos. Und wenn er mit Erzählen aufhörte, fragten wir jedes Mal wie aus einem Mund: Und dann?

«Tredisch milliuns morts, endisch milliuns struptgai, sis milliardas sittoms e tschunconta milliardas meters cubics gas en quater onns» – Or da quella bilanza sun jeu, Pieder Paul Tumera, numnaus il Turengia, tiu tat, vegnius orasut ils uradis d'itschal a casa cun mo in bratsch e sut tschel in cudisch cul tetel: Einarm-Fibel. Ein Lehr-, Lese- und Bilderbuch für Einarmer daus ora dil docter Eberhard Frh. v. Künzberg, Karlsruhe mellinovtschienequendisch. Plinavon cun ina brev da recumandaziun, in attestat dils superiurs, che fineva cun Goethe:

«Sie sehen, meine Damen und Herren, Ärzte und Bandagisten, Ingenieure und Fabrikanten, die militärischen Stellen und die Träger unserer Unfallfürsorge, alle sind in gleicher Weise bestrebt, ihre Erfahrungen in den Dienst der Sache zu stellen und denen, die für des Vaterlandes Bestand und Größe gekämpft und gelitten haben ... den Verlust von Hand und Arm zu ersetzen ... Und für den Verletzten gilt das Dichterwort:

Wer immer strebend sich bemüht, / Den können wir erlösen.» – Ei quei buca da vegnir ord la cavazza?

Ed il tat legeva si pil biadi surstau ord la fibla dalla protesa ventireivla: «Das älteste deutsche Heldenlied, das Waltharilied, besingt einen Zweikampf des Helden mit Hagen, in dem Walter die rechte Hand verliert. Er bindet sie ab, steckt den Stumpf in den Schildriemen und kämpft ruhig mit der linken Hand weiter.»

E tgi ha gudignau?, ha il buob dumandau.

«Dreizehn Millionen Tote, elf Millionen Krüppel, sechs Milliarden Granaten und fünfzig Milliarden Kubikmeter Gas in vier Jahren» – Aus dieser Bilanz bin ich, Pieder Paul Tumera, genannt Turengia, dein Großvater, unter den Stahlgewittern hervorgekommen und heimgekehrt mit nur einem Arm, und unter den Stumpf geklemmt ein Buch mit dem Titel: Einarm-Fibel. Ein Lehr-, Lese- und Bilderbuch für Einarmer, herausgegeben von Doktor Eberhard Frh. von Künzberg, Karlsruhe 1915. Und weiters mit einem Empfehlungsbrief, einem Zeugnis der Vorgesetzten, das mit Goethe schließt:

«Sie sehen, meine Damen und Herren, Ärzte und Bandagisten, Ingenieure und Fabrikanten, die militärischen Stellen und die Träger unserer Unfallfürsorge, alle sind in gleicher Weise bestrebt, ihre Erfahrungen in den Dienst der Sache zu stellen und denen, die für des Vaterlandes Bestand und Größe gekämpft und gelitten haben ... den Verlust von Hand und Arm zu ersetzen ... Und für den Verletzten gilt das Dichterwort: Wer immer strebend sich bemüht, / Den können wir erlösen.» – Ist das nicht zum Wahnsinnigwerden?

Und Großvater las dem verblüfften Enkel aus der Fibel von der begeisterten Prothese vor: «Das älteste deutsche Heldenlied, das Waltharilied, besingt einen Zweikampf des Helden mit Hagen, in dem Walter die rechte Hand verliert. Er bindet sie ab, steckt den Stumpf in den Schildriemen und kämpft ruhig mit der linken Hand weiter.»

Und wer hat gewonnen?, fragte der Bub.

Ei detti da tuttas sorts glieud, mo quaders, ditgeni, detti ei buc, e gnanc gliez seigi el schi segirs. Nus seigien in vitg da leischens suenter notas.

Il tat numnava si, tgeinins ch'ins savessi schar ir pacific cul tgil blut dad in spinatsch giu senza ch'els fetschien in soli sgreffel. Aber la glieud stoppien ins prender sco ella seigi. Saver co ella seigi tonschi. Tschel schevi: I ein sco i ein e fan sco i fan.

Enqualin veva in tic, midava express, cun la perschuasiun dalla nuorsa da tschut, buca sin ‹l'ura da Hitler› aunc suenter diesch onns buc, ni scriveva per puntili aunc *de* enstagl *da*. Il tat cantava sia litania dils humans, ella quala el veva mess en retscha, dano in pèr schregs, tut las specias da carstgauns:

    homo protheticus   ora pro nobis
    homo cornutus   ora pro nobis
    homo quadratus   ora pro nobis
    homo amputatus   ora pro nobis
    homo stultus   ora pro nobis
    homo sapiens sapiens   ora pro nobis
    homo ludens   ora pro nobis
    homo poetus   ora pro nobis
    homo novus   ora pro nobis
    homo homini lupus   ora pro nobis

Es gebe aller Gattung Leute, nur viereckige, heiße es, gebe es keine, und nicht einmal dessen sei er sich ganz sicher. Wir seien ein Dorf der Heuchler und Schleimer.

Großvater zählte jene auf, die so glatt und glitschig seien, dass man sie ohne weiteres mit nacktem Hintern durch eine Dornenhecke treiben könne, ohne dass sie den leisesten Kratzer abbekämen. Aber die Leute müsse man so nehmen, wie sie seien. Zu wissen, wie sie seien, sei genug. Einer habe mal gesagt: Sie sind, wie sie sind, und tun, wie sie tun.

Der eine oder andere hatte einen Tick, richtete sich mit der Sturheit eines Mutterschafs auch nach zehn Jahren noch nicht nach der ‹Hitler-Zeit›, schrieb zum Trotz noch *de* statt *da*. Und Großvater sang seine Litanei von der menschlichen Natur, in welcher er, außer ein paar schrägen Vögeln, alle Arten Mensch auf die Reihe gebracht hatte:

Homo protheticus	ora pro nobis
Homo cornutus	ora pro nobis
Homo quadratus	ora pro nobis
Homo amputatus	ora pro nobis
Homo stultus	ora pro nobis
Homo sapiens sapiens	ora pro nobis
Homo ludens	ora pro nobis
Homo poetus	ora pro nobis
Homo novus	ora pro nobis
Homo homini lupus	ora pro nobis

homo faber   ora pro nobis
homo laber   ora pro nobis
homo heidelbergensis   ora pro nobis
homo vulgaris   ora pro nobis
homo oeconomicus   ora pro nobis
homo erectus   ora pro nobis
eccehomo   ora pro nobis
homo proponit,
deus disponit   dei a nus no-o-bis

Homo faber	ora pro nobis
Homo laber	ora pro nobis
Homo heidelbergensis	ora pro nobis
Homo vulgaris	ora pro nobis
Homo oeconomicus	ora pro nobis
Homo erectus	ora pro nobis
Ecce homo	ora pro nobis
Homo proponit,	
deus disponit	*dei a nus no-o-bis*

En in grau sulet fuvan il tat e la tatta dad in meini e setenevan ensemen. Ei fuva dil temps ch'ei deva caplons sco tgauns cotschens e ch'ils scolasts valevan per intellectuals. La scola seigi ina tirana e la litteratura ina putana, veva il tat formulau sco formla stabla. Il buob steva sul taglier en, magliava la suppa. La tatta scheva nuot. Quei vuleva dir ch'ella seigi d'accord. Il buob slavidrava la suppa. La scola vessi aber dad esser ina fumitgasa ed il scolast ina persunalitad enstagl d'in lacai en livrea.

Consequenza fuva ch'ils scolasts untgevan il tat e ch'ils poets fuvan permalai. Il legher fuva ch'il tat manegiava gnanc la litteratura romontscha. El adurava calibers sco il Puschkin dalla Gabrieliada, in poem frivol ch'el saveva ordadora. La Gabrieliada fuva igl Aunghel dil Segner da miu tat.

> «Pilvér, biála Gedíua, giúvna, púra,
> Jeu témel pér il tíu salít dall'ólma.
> O, néu tier méi, amábel áunghel míu»

Saveva in tal tat vegnir enta parvis? La mumma prendeva serius quei dil parvis ch'il buob veva mo tertgau, perdeva buca la speronza, sperava: Forsa san nossas oraziuns tuttina aunc salvar el. Il tat scheva sin quei: Jeu sprezzel naturalmein mia patria da tgau tochen pei, aber jeu vegnel

In einem einzigen Punkt waren sich Großvater und Großmutter absolut einig und hielten zusammen. Es war die Zeit, als es Kapläne gab wie rote Hunde und Lehrer für Intellektuelle gehalten wurden. Die Schule sei eine Tirannin und die Literatur eine Hure, hatte Großvater als feste Formel formuliert. Der Bub aß über den Teller gebeugt seine Suppe. Großmutter sagte nichts. Das hieß, dass sie einverstanden war. Der Bub schlürfte seine Suppe. Die Schule hätte aber eine Dienerin zu sein und der Lehrer eine Persönlichkeit statt ein livrierter Lakai.

Die Folge war, dass die Lehrer Großvater aus dem Weg gingen und die Poeten beleidigt waren. Das Drollige daran war, dass Großvater gar nicht die romanische Literatur gemeint hatte. Er verehrte Kaliber wie den Puschkin der Gabrieliade. Dieses frivole Poem konnte er auswendig. Die Gabrieliade war Großvaters Angelus.

«Fürwahr, du schöne Jüdin, jung und rein,
Mir ist um deine Seelenrettung bange.
Oh, komm zu mir, du holder Engel mein»

Konnte so ein Großvater in den Himmel kommen? Was der Bub nur so bei sich gedacht hatte, war der Mutter eine bitterernste Frage. Aber sie verlor die Hoffnung nicht: Vielleicht können ihn unsere Gebete doch noch erretten. Großvater erwiderte darauf: Natürlich verachte ich meine Heimat von oben bis unten, aber es

vilaus, sch'in dalla Bassa parta cun mei quei sentiment.

Lu prendeva el il péz dalla servietta ord la camischa e citava: «Hooodieusss, buca tertgei ch'il scriver remas seigi per mei zatgei ch'jeu fetschi cun l'ambiziun affonila dils nos che mettan giu fers, ni ch'ei seigi per mei recreaziun dad in carstgaun sensibel: Igl ei semplamein miu mistregn ...» Ord il tun dalla vusch udevan ins ch'el fuva uss Alexander Puschkin ella rolla, nua ch'igl aunghel ner fageva la caniala cugl aunghel mellen, amiez la fuga dil cumbat, il mument nua ch'ils infernals ed ils celestials emblidan tut las reglas e battan avon Maria sut la tschenta.

Quei tunava grondius cu el scheva si ei el lungatg da Puschkin. Sco el veva mess giu ei per romontsch, zuccadeva ei aber sco ina carga fein luc, ch'ins sa buca tgei mument ch'ella sballuna:

> «Il giavel ed igl aunghel sepugnavan.
> Buc in che fuss untgius per gnanc in polisch,
> Per gnanca tec calmava lur premura,
> Cheu fuv'ei toch al giavel memia tup:
> Il Huz lai dar e carga Gabriel davos,
> (Attacc'el dies, il nauscha schelm!).
> Scadeina giu ad el il helm.
> Per lu zunghiar davos a bass il schani,
> El pegli'a quel en sias nialas melnas,

erbost mich, wenn ein Unterländer dieses Gefühl mit mir teilt.

Dann zupfte er das Ende der Serviette aus dem Hemd und zitierte: «Harrrjesssas, denkt nicht, ich betrachte das Verseschreiben mit dem kindischen Ehrgeiz eines Reimeschmiedes oder als Erholung eines empfindsamen Menschen: Es ist einfach mein Handwerk ...» Aus dem Klang seiner Stimme war herauszuhören, dass er jetzt Alexander Puschkin war beim Schreiben jener Szene, wo sich der Schwarze Engel mit dem Gelben Engel rauft, mitten im Getümmel, in jenem Augenblick, wo die Mächte der Hölle und des Himmels alle Regeln vergessen und vor Marias Augen den Kampf unter die Gürtellinie verlegen.

Das tönte großartig, wenn ers in der Sprache Puschkins deklamierte. So wie ers aber in sein Idiom übertragen hatte, wackelte das Ganze wie eine lockere Ladung Heu, von der man nicht weiß, ob sie im nächsten Moment umkippen wird.

«Der Teufel und der Himmelsbote kämpften,
Und keiner wich zurück um einen Zoll,
Um keinen Grad sie ihren Eifer dämpften,
Da ward's dem Teufel endlich doch zu toll,
Er wand sich los, fasst' Gabriel im Rücken
(Von hinten griff er an, der arge Schelm!),
Er schlug ihm ab den blanken Federhelm,
Und um ihn hinterrücks herabzubücken,
Fasst er ihm in das blonde Lockenhaar

E tilla el cun tutta forz'afuns.
Digl aunghel tut siu bi sespleiga,
Semuoss'agl egl da la Maria;
'La sbassa plein turpetg il tgau.
Siu cor scadeina per il Gabriel.
Ei para gia ch'il Nausch victoriseschi,
Mo Gabriel lai buca dumignar schi spert.
Cun in zaccogn el aulza – zac – il maun
E grefla, tegn al giavel ferm en quei liug lom,
Che ei danvonz en tuttas las battaglias.»

En tuttas las battaglias, repeteva il tat cun in ferm accent sils ‹tt›s e levava lu si dalla sutga.

Und zieht ihn voller Kraft zur Erde nieder.
Des Engels ganze Schönheit tut sich dar
Marias Blick; sie senkt verschämt die Lider.
Vor Furcht um Gabriel das Herz ihr bebt.
Es scheint ihr schon, als wollt' der Böse siegen,
Doch Gabriel lässt sich nicht unterkriegen.
Mit einem Ruck die rechte Hand er hebt
Und klammert fest sich in die weiche Stelle,
Die überflüssig ist bei jeder Schlacht.»

Die überflüssig ist bei jeder Schlacht, wiederholte Großvater mit starker Betonung auf dem Doppel-S und erhob sich dann vom Stuhl.

La sutga pulstrada veva zatgei ridicul, sch'ella fuva vita, zatgei autoritar, sche la matriarca seseva lien. Jeu hai mai fidau alla basatta, cu ella fuva en quella sutga surdimensiunada che fageva ella pussenta.

 Cupidava ella? Tedlava ella? Ella legeva mes patratgs. Il maun dretg fuva spuranaus encunter il baditschun, la detta cuvreva igl egl, ch'ella fa tuttenina siper mei che observavel ella: Buob, ti vesas la tatta dad Iwan Turgenjew, la mumma dalla infama Warwara Petrowna, veglia sco paun e latg, eria en sia sutguna, aber aunc adina diraglia, proprietaria beinstonta d'in grond bein, crudeivla e ranvera enina, che tractava sia survitid sco la biestga. «Schirada dalla vegliadetgna, seseva la veglia il bia dil temps senza semuentar en ina sutga. In di eis ella sevilentada si sgarscheivel cun in giuven serv che fuva siu survient, vegnida aschi irritada, tschappau in scanatsch e tratg quel al giuvenaster giu pil tgau ch'el ei curdaus senza schientscha. Quei maletg giun plaun fuva denton per ella insupportabels. Ella ha runau il mat vitier, mess siu tgau sanganaus sil sessel, smaccau in plumatsch grond sin quel, sesida sissu e stinschentau el.»

Dem Polstersessel haftete etwas Lächerliches an, wenn er leer war, und etwas Autoritäres, wenn die Matriarchin darin saß. Ich habe der Urgroßmutter nie getraut, wenn sie in diesem überdimensionierten Sessel saß, der ihr Macht verlieh.

Döste sie? Hörte sie? Sie las meine Gedanken. Das Kinn in die rechte Hand gestützt, ein Auge von den Fingern bedeckt, sagte sie unverhofft zu mir, der sie beobachtete: Bub, du siehst die Großmutter des Iwan Turgenjew, die Mutter der infamen Warwara Petrowna, alt wie Milch und Brot, reglos in ihrem Riesensessel, aber immer noch beinhart, wohlhabende Besitzerin eines riesigen Gutes, ebenso geizig wie grausam, und ihre Dienerschaft traktierte sie wie Vieh. «Vom Alter gekrümmt, saß sie die meiste Zeit starr in einem Sessel. Eines Tages hat sie sich entsetzlich über einen jungen Leibeigenen geärgert, der ihr Diener war, wurde so wütend, dass sie ein Scheit ergriff und dem Jüngling über den Schädel zog, derart, dass er bewusstlos hinfiel. Dieser Anblick war ihr jedoch unerträglich. Sie schleppte den Burschen herzu, legte den blutüberströmten Kopf auf den Sessel, drückte ein großes Kissen drauf, setzte sich hin und erstickte ihn.»

Ed jeu vesevel vinavon las Onnas Marias schumellinas che mazzavan, vegnevan ord la mar da historias dil tat, cun lur rassas liungas sco Orias, e lur cuntgadialas entamaun: Onna Maria, nata Arpagaus, en siu venter in affon, en siu maun in sigurin, che deva davos en, e sturneva sco da far nuot il schendrader, cul tgau digl uaffen, che daventava ina sigir dubla culs taglioms tut en in saung, che digrava e greva buca per vendetga.

Onna Maria, nata Bühler, entamaun baul in tarden, baul in bengel, semidava en ina cugnada immensa, gl'emprem a spuentond in cavagl burgaliu, lu a frenond in chischlet schuldada, lu a conquistond in canun franzos, epi a scurrentond l'entira Gronda armada or da Domat e da Cunclas si ali giavel.

Vesevel las assassinas dies encunter dies a cresmond sco da cresmar sin fier veder, sentevel a spuentond las luffas cun las metodas dils lufs lur murtiraders.

Und ich sah weiters die Onnas Marias, metzelnde Zwillinge, auftauchen aus dem Meer von Großvaters Geschichten, anzuschauen wie Orias mit ihren langen Röcken, das Beil in der Hand: Onna Maria, geborene Arpagaus, welche, ein Kind im Leibe, die breite Waldaxt in der Hand, von hinten den Erzeuger ohne Umstände erschlug mit der stumpfen Seite des Geräts, besudelt mit Blut, das tropfte, rann und nicht nach Rache schrie.

Onna Maria, geborene Bühler, bald eine Mistgabel, bald einen Prügel, bald eine mächtige Schrotaxt in der Hand, zuerst ein struppiges Ross verscheuchend, dann einen Trupp Soldaten aufhaltend, dann eine französische Kanone erobernd und schließlich die ganze *Grande Armée* aus Ems hinaus und den Kunkels hinauf zum Teufel jagend.

Ich sah die beiden Schlächterinnen, Rücken an Rücken dreinschlagend wie auf morsches Metall, hörte, wie die Wölfinnen ihre Peiniger vertrieben nach Art der Wölfe.

«aus einem Lumpenwust glitt ein hölzerner Armstumpf hervor. ‹Aus diesem Holz werden Finger wachsen, schöne Finger, vielleicht klotzige Finger, dick und weiss wie die Rüben im Garten der Katherina, aber fleischige Finger, Finger, in die man sich schneiden kann und die man verbrennen kann – da wachsen sie heraus, ein Finger zum Auftrumpfen, einer zum Zeigen, beide, um zu kneifen, und ein dritter, um die Knöpfe selber zu schliessen, Finger zum Kratzen und Finger zum Streicheln, mindestens zehn, und eine ganze Hand, um eine Tasse zu halten und eine Faust zu machen›, Holz hacken werde er und ein Beil schwingen. Der Armstumpf schlug auf den Schanktisch, sprang auf, schlug nieder. ‹Alles soll Holz sein, und ich werde es zerhacken und ein Feuer machen, dass man es in B. sieht›, denn von dort komme er her, und das erste Brennholz dazu werde dieser Armstumpf geben.»

Hugo Loetscher, Der Buckel

Cu ella scheva ils plaids stgirs: – Oz dutegi il meins da schaner –, fuva ei il di suenter Nadal. Ella fageva cun rida dudisch rins en stiva davos esch sur la pegna: Ils surtins. Ella mirava o l'aura ils davos sis dis digl onn vegl ed ils emprems sis dis digl onn niev. Ella fageva ils rins en quater parts e maliava lien l'aura dil di: nuot rida vuleva dir aura clara, bia rida vuleva dir macorta aura, lev rida vuleva dir cuvretg, strehs schregs vuleva dir plievgia, punctins levan dir neiv. Schiglioc enzennas vulevan dir caussas che mo ella saveva. L'aura digl emprem rin fuva l'aura dil schaner. – Ils dudisch dis suenter Nadal dutegian l'aura dils dudisch meins. Pli manedel ch'ins mira ora els e noda e meglier ch'ins sa dir l'aura. Quei spargna far calenders. –

Aschi misteriusa era mia basatta. Mirava mai sillas lingias dil barometer, lignava ord ils rins l'aura meglier ch'il radio. Il tat spluntava sil barometer, e lez mava lu ensi ni engiu, darar ch'el steva graderi. Cu el perdeva la gnarva e spluntava l'ura-cucu, mava quella tictactictac pli spert, e cu el veva inagada spluntau sil pér cazzola che vargava ord in taglier sco da miola cun ur verd giu dil plantschiu cuschina, era quel vegnius pli e pli clars epi fatg tic epi sestezs.

Ils davos dis digl onn mirava ella era ora il

Es war am Tag nach Weihnachten, als sie die dunklen Worte sprach: – Heute lost es den Monat Januar. – Mit Kreide machte Oria hinter der Stubentür über dem Ofen zwölf Kreise: die Lostage. Sie beobachtete das Wetter an den letzten sechs Tagen des alten und an den ersten sechs Tagen des neuen Jahres. Die Kreise viertelte sie und zeichnete das Wetter des Tages hinein: keine Kreide bedeutete klares Wetter, viel Kreide bedeutete schlechtes Wetter, wenig Kreide bedeutete bedeckt, Schrägstriche bedeuteten Regen, kleine Punkte bedeuteten Schnee. Andere Zeichen bedeuteten Sachen, die nur sie kannte. Sie folgte dem orianischen Kalender. Das Wetter des ersten Kreises war das Wetter im Januar. – Die zwölf Tage nach Weihnachten losen das Wetter der zwölf Monate. Je genauer man sie beobachtet und notiert, desto besser kann man das Wetter vorhersagen. –

So geheimnisvoll war meine Urgroßmutter. Schaute nie aufs Barometer, erriet aus ihren Kreisen das Wetter besser als das Radio. Großvater hingegen klopfte ans Barometer, welches dann stieg oder fiel und nur ganz selten unverändert blieb. Wenn er nervös war und auch an die Kuckucksuhr klopfte, ging diese tictactictac schneller, und als er einmal an die Glühbirne geklopft hatte, die aus einem grüngeränderten Emailschirm von der Decke herabschaute, hatte diese heller und heller geleuchtet und war dann – tic – erloschen.

Diese letzten Tage des Jahres beobachtete Oria auch das Wasserschiff, das in der Küche tief in den franzö-

tschef dalla platta da fiug che tunscheva afuns ella platta franzosa en cuschina e ch'ella empleneva mintga sera, perquei ch'el astgi mai esser vits. Ella veva schubergiau el per quei temps cun tschespet e tschendra ch'el tarlischava sco novs. Co l'aua hagi l'altezia suenter la notg da Daniev mirava ella. Veseva ella las caussas el spieghel balluccont dall'aua dad aur cotschnaun? Udeva ella las enzennas ord il blub blub dall'aua che buglieva? Semussavan ad ella ils spérts el vapur che mava sin plantschiu su, cu ella alzava igl uvierchel d'irom?

sischen Holzherd hinunterreichte und das sie jeden Abend auffüllte, weil es nie leer sein dürfe. Sie hatte es für diese Zeit mit Erde und Asche geputzt, sodass es glänzte wie neu. Wie hoch das Wasser nach der Neujahrsnacht stand, wollte sie wissen. Sah sie die Dinge im zitternden Spiegel des rötlichgolden schimmernden Wassers? Hörte sie die Vorzeichen im Blubblub, wenn das Wasser sott? Zeigten sich ihr die Geister im Dampf, der zur Decke stieg, wenn sie den Kupferdeckel hob?

La pegnuna scalegl ha si da vart encunter igl esch J8+21, da vart encunter il canapè IHS. La trav dil H ha in bot cun plantau sissu ina crusch. Sut las combas dil H ei in cor cun fustitg farbun che vul dir ch'il cor ardi. Igl orsal ed igl IHS ein en ramas che han gavigliau giu ils pézs. Ils peis dalla pegna ein da lenn. Sut pegna en ei il min, ners sco la pegna, domisdus cun ina remarcabla glischur grischalva el ner. Denter il pei odem e la preit, nua ch'ins va en davos pegna fageva il tat mintga unviern puspei cun rida giu sil plantschiu il nuv magic: la steila da tschun pézs che vegn maliada en in tratg cun tschun lingias tuttina liungas, la steila ch'ei treis trianghels cavistrai. Quei ei il nuv sogn Martin, l'enzenna da striegn encunter scumiar affons pigns e per schurmiar enta letg quel che dorma.

Las femnas vevan pli baul tema dallas tschalereras pervia dils affons pigns. I tertgavan ch'i vegnien e scomien ils affons, perquei che lur affons fuvan huders. Perquei schav'ins bu bugen persuls ils pigns, ni mo en davos pegna, aber gnanc bugen leu. La tatta fuva sissu sco'l giavel, ch'ins laschi mai persuls ils pops tochen ch'ei fuvan bu battegiai, pertgei lezs prendevani buc.
La pegna fuva il spért dalla casa. Genera-

Auf dem mächtigen Specksteinofen steht auf der Seite zur Tür J 8 + 21, auf der Seite zum Kanapee IHS. Der Querbalken des H hat einen kleinen Buckel und darauf ein Kreuz. Unter den Füßen des H ist ein Herz mit einem Erdbeerstiel, welcher besagen soll, dass das Herz brenne. Jahrzahl und IHS stehen in Rahmen mit eingezogenen Ecken. Die Ofenfüße sind aus Holz. Unterm Ofen liegt Mieze, schwarz wie der Ofen, und alle beide haben sie einen bemerkenswerten grauweißen Schimmer in ihrem Schwarz. Zwischen Ofenfuß und Wand, dort wo man hinter den Ofen kriecht, machte Großvater alle Winter wieder mit Kreide den magischen Knoten: den fünfzackigen Stern, der ohne abzusetzen in einem Zug mit fünf gleich langen Linien gezeichnet wird, der Stern, der aus drei ineinander verfangenen Dreiecken besteht. Das ist der Drudenfuß, das Zauberzeichen gegen das Austauschen kleiner Kinder und zum Schutz der Schlafenden im Bett.

Früher hatten die Frauen Angst vor den Wildleutchen, der kleinen Kinder wegen. Man glaubte, die Wildleutchen kämen und würden unbeaufsichtigte Kinder austauschen, weil ihre eigenen Kinder Kümmerlinge seien. Darum ließ man die Kleinen nur notgedrungen allein, und höchstens hinter dem Ofen, aber nicht einmal dort gern. Großmutter achtete streng darauf, dass man die Säuglinge nicht allein ließ, bevor sie getauft waren; getaufte Kinder nahmen die Wildleutchen nicht.

ziuns da carstgauns fuvan sesidas sin quei plat che fuva neidis, malgrad las massa furclettas. Plunas buobanaglia fuvan i naven dalla pegna da barcun si en combra. Plunas glieud fuvan sigli en tons onns cun la cavazza el culani. Quei che deva denton alla pegna la dimensiun mundiala fuva il 1821, igl onn dalla mort da Bonaparte. Ed il tat raquintava digl imperatur cu'l fuva sin pugn da mort, ch'in survient vegn en dad esch ed annunzia in comet. Igl imperatur fa: «L'enzenna avon la mort da Caesar!» Il docter di ch'el vesi nuot. Il malsaun di: «Ei va è senza comets.»

Der Ofen war die Seele des Hauses. Generationen hatten auf dieser Steinplatte gesessen, die trotz der vielen Scharten und Kerben glatt und glänzend war. Ganze Kinderscharen waren vom Ofen durch die Luke in die Schlafkammer hinaufgestiegen. Und zu Hunderten hatten sich die Leute am Ofengestell den Schädel angeschlagen. Was jedoch dem Ofen Weltformat verlieh, war diese Jahrzahl 1821. Bonapartes Todesjahr. Und Großvater erzählte vom sterbenden Kaiser, dem von einem eintretenden Diener ein Komet vermeldet worden sei. Darauf der Kaiser: «Das Zeichen vor dem Tode Cäsars!» Der Arzt aber sagte, er sehe nichts. Darauf der Kranke: «Es geht auch ohne Kometen.»

«Adam veva in venter neidi, buc umblitg ni biua ni nuv ni nuot. Per consequenza veva el buca sguezia, sco quei ch'ils aunghelets amurets pulpi san buca ver.»

Ils aunghels grasluts pendevan pil blau entuorn, sesalzavan egl azur toc per toc senza far ir las alas stericas, senza pigliar en il steilam, vevan las vestas muflidas, las nialas melnas, la pasch perpetna. La glina rieva da quei tschuf, e nus fuvan surstai da schluppar da ton blut commentaus dil tat cun in: infernalissim!

Ils paslers sabiuts pendevan per las plontas entuorn, siglievan dad in rom sin tschel senza arver da num las alas, senza schar pigliar en il fegliam, vevan plugls ellas plemas, ils puppens neidis, perpeten zuriem. Il sulegl scaldava da quei cauld, e nus fuvan saziai da schluppar da tonta hara commentada dil tat cun in: cantabilissim!

Ils sabis pendevan per las scantschalas entuorn, sesalzavan orda plaun toc per toc senza far ir las alas stericas, senza schar pigliar en il pusalau, vevan la bucca bein pleina, las pagas meinsilas, las lalas perpetnas. Il derschalet smaccava da quei lom, e nus rievan da schluppar da tonta bahaultscha e plascher da sesez commentaus dil tat cun: perdertissim!

«Adam hatte einen glatten Bauch, da war kein Nabel, nix. Das hatte zur Folge, dass er auch nicht kitzlig war, so wenig wie die fetten Engelchen-Amörchen.»

Die fetten Engel hingen im Blaublau herum, schwebten Stück für Stück in den Azur hinein, ohne mit den steifen Flügelchen zu schlagen, ohne sich in den Sternen zu verheddern, hatten pralle Backen, goldene Locken, den Ewigen Frieden. Der Mond hatte ein ziemlich schmutziges Lachen aufgesetzt, und wir staunten mächtig über so viel Speck und nacktes Fleisch, und Großvater kommentierte: Infernalissimus!

Die vorlauten Spatzen hingen in den Bäumen herum, hüpften von Ast zu Ast, ohne die Flügel ernsthaft auszubreiten, ohne sich im Blattwerk zu verheddern, hatten Flöhe im Gefieder, glatte Kehlchen, ihr ewiges Gezeter. Die Sonne brannte heiß hernieder, wir hatten diesen Radau mächtig satt, Großvater aber kommentierte: Cantabilissimus!

Die Neunmalklugen hingen auf ihren Kanzeln und Kathedern herum, entfernten sich Meter für Meter vom Boden, ohne die steifen Flügel zu bewegen, ohne irgendwo anzustoßen, hatten ein übervolles Maul, ihren Monatslohn, ihr ewiges Geschwätz. Der Alp drückte sanft, und wir lachten mächtig über so viel Aufschneiderei und Selbstzufriedenheit, und Großvater kommentierte: Doctissimus!

Il min era ius caput. Il tat veva tschappau il giat niev, priu el denter siu bratsch entir e siu venter, schau mirar el da bucca-pegna en e detg: Ti s'audas cheu uss, sco la pegna.

Mieze war gestorben. Großvater hatte die neue Katze gepackt, zwischen seinen intakten Arm und seinen Bauch geklemmt, hatte sie zum Ofenloch hineinschauen lassen und gesagt: Du gehörst jetzt hierher, wie der Ofen.

Franz Biberkopf era pil tat schumellin ed exempel numera in, spiunava semper entuorn en siu tgau. El skizzava ‹quei mazzamizzis› da Döblin si pil min el patua da Berlin: «Weeste du, wo mein Arm ist, der hier, der ab ist? Den hab ich mir in Spiritus setzen lassen, und jetzt steht er bei mir zu Haus ufm Spind und sagt zu mir den ganzen Tag runter: Tag Franz. Du Hornochse!»

Franz Biberkopf war dem Großvater Zwilling und Vorbild Nummer eins, spukte ihm ständig im Kopf herum. Vor der neuen Katze gab er ‹diesen Miezenmetzger› von Döblin im Patois von Berlin: «Weeste du, wo mein Arm ist, der hier, der ab ist? Den hab ich mir in Spiritus setzen lassen, und jetzt steht er bei mir zu Haus ufm Spind und sagt zu mir den ganzen Tag runter: Tag Franz. Du Hornochse!»

Uau, uau, Sontgaclau,
Va sin tschiel e fai bau bau!

Il tat fuva in veritabel spuentasontgaclaus. Cun ses versets veva el fatg che Sontgaclau vegneva mo zachiadamein dad esch en cun sia fumeglia e ch'il Sontgaclau dalla notg vegneva insumma buca pli, pertgei nus vevan sefatg en ch'il bab e la mumma mettevan ora quei da lez e sedumandavan plaunsiu sch'els seigien era la lieur.

Ei, ei, ti liuret,
Va a Trun, ti muzzachet!

Du ewiggleicher Nikolaus,
an deiner Kutte nagt 'ne Maus,
in deiner Mütze beißt ein Floh,
drum schimpf doch lieber anderswo!

Großvater war ein regelrechter Nikolaus-Schreck. Mit seinen Versen hatte er erreicht, dass Sankt Nikolaus und seine Knechte die Stubentür nur noch zaghaft öffneten und dass der nächtliche Nikolaus überhaupt nicht mehr kam. Denn wir hatten herausgefunden, dass Mutter dessen Geschenke bereitlegte, und wir begannen uns zu fragen, ob sie auch der Hase sei.

Häschen, Häschen, nicht mehr ganz,
geh nach Trun, du Stummelschwanz.

«Pherekydes da Syros ei morts dalla pli sgarscheivla mort ch'in carstgaun sa murir: Siu entir tgierp ei vegnius magliaus dils plugls. Cu sia cumparsa ei stada deformada, eis el seretratgs da ses amitgs. Sch'in vegneva e dumandava co ei mondi cun el, catschava el in det senza carn tras la sgrema digl esch e scheva, aschia mondi ei cun el vid igl entir tgierp. Quels da Delos pretendevan che quei seigi l'ovra dil diu da Delos che seigi vilaus. Cura ch'el fuva cun ses discipels a Delos, duess el ver detg denter bia auter aunc, ch'el hagi mai unfriu ad in diu e tuttina hagi el buca viviu mender che tals che hagien unfriu 100 taurs. Per quella tschontscha da levsenn pia ha el pagau cul pli grev strof.»

Claudius Aelianus, Historia gaglia

«Pherekydes von Syros starb den qualvollsten Tod, den ein Mensch finden kann: Sein ganzer Körper wurde von Läusen aufgefressen. Als sein Aussehen entstellt war, zog er sich aus der Gesellschaft seiner Freunde zurück. Wenn einer kam und fragte, wie es ihm gehe, steckte er einen Finger, an dem gar kein Fleisch mehr war, durch die Luke der Tür und sagte, so gehe es ihm am ganzen Körper. Die Delier behaupteten, dies sei das Werk des Gottes von Delos, der ihm zürne. Als er mit seinen Schülern auf Delos weilte, soll er unter manch anderem auch geäußert haben, dass er keinem Gotte je geopfert habe und dennoch nicht weniger angenehm und sorgenfrei gelebt habe als Leute, die ein Opfer von 100 Stieren dargebracht hätten. Für diese leichtfertige Rede also büßte er mit der schwersten Strafe.»
Claudius Aelianus, Bunte Geschichten

El fuva in ver spuentegl, cun carn e saung. Zachignus, mai aber zachergiader. Parodeva sesez. Suniclava clavazin en ses megliers muments. Studiava, profilava, commentava cavazzas cun las metodas curiosas da Lavater, aber sc'in Lichtenberg. El adurava cavazzunas, enconuscheva lunsch entuorn quels che vevan talas denter Petschens e Condraus, Maissens e Castelbergs e tut las noblas schlatteinas.

Il tat fuva grond admiratur da Theodor de Castelberg, buca pervia da sia litteratura ni pervia da sias ideas, mobein pervia da ses plaids, pervia da sia corpulenza, surtut pervia da sia testuna quadra e lu pervia da siu necrolog che seigi il pli recli denter ils necrologs da politichers e poets insumma:

«Den 24ten des Christmonats 1818 starb in Disentis der Herr Landrichter Theodor Castelberg. Theodor war gross, und von einer ausserordentlichen Dicke. Bei Mannsgedenken sah man an keinem Menschen einen so grossen Bauch, als bei ihm. Er trank und ass viel und war von einem sehr fröhlichen Gemüthe, und zur annehmlichen Gesellschaft, die Witz, gute Einfälle liebte, gebohren. Er war gelehrt, verstund fünf Sprachen und ward zu mehreren Gesandtschaften gebraucht. Nicht nur das Politische war ihm eigen, sondern er war von einer ausserordentlichen Beredsamkeit, und Poesie.

Er war eine Art Vogelscheuche aus Fleisch und Blut. Stritt viel und fluchte nie. Parodierte sich selbst. In seinen besten Momenten setzte er sich mit flinken Fingern ans Klavier. Studierte, profilierte, kommentierte Köpfe nach den kuriosen Methoden des Lavater, aber wie Lichtenberg. Er schwärmte für große Schädel, kannte weit herum all jene, die einen solchen hatten in den noblen Geschlechtern der Petschen, Condrau, Maissen, Castelberg.

Großvater war ein großer Bewunderer von Theodor de Castelberg. Nicht seiner Literatur oder seiner Ideen wegen, sondern wegen seines Wortschatzes, wegen seiner Korpulenz, vor allem aber wegen seines kantigen Riesenschädels und wegen seines Nekrologs, der unter allen Nekrologen von Politikern und Poeten der allerehrlichste sei:

«Den 24ten des Christmonats 1818 starb in Disentis der Herr Landrichter Theodor Castelberg. Theodor war gross, und von einer ausserordentlichen Dicke. Bei Mannsgedenken sah man an keinem Menschen einen so grossen Bauch, als bei ihm. Er trank und ass viel und war von einem sehr fröhlichen Gemüthe, und zur annehmlichen Gesellschaft, die Witz, gute Einfälle liebte, gebohren. Er war gelehrt, verstund fünf Sprachen und ward zu mehreren Gesandtschaften gebraucht. Nicht nur das Politische war ihm eigen, sondern er war von einer ausserordentlichen Beredsamkeit, und Poesie.

Ehe er erkrankte stellte er die Zahlung ein, und entweder ward er verwahrloset, oder von Würmern, und Läusen sehr angegriffen.»

Plein deivets e puder e pelischs e plugls.

Ehe er erkrankte stellte er die Zahlung ein, und entweder ward er verwahrloset, oder von Würmern, und Läusen sehr angegriffen.»

Den Buckel voller Schulden, die Perücke voller Puder, Läuse und Flöhe.

Il maun dretg dil tat fuva in crutsch. Quei fuva sia vart demonica. Tut quei ch'era crutsch fascinava el, ils nas fascinavan el, ils curschins. Ses uaffens preferi fuvan la stezza e l'ascha. Cu la roscha sempiterna che fa buc umbriva vegneva in di a passar sper el ora, vegneva el ad ir viaden ellas retschas cun quels dad in bratsch, denter scribents e generals, sper notabilitads, scheva el, sco Miguel de Cervantes Saavedra, Götz von Berlichingen «mit der eisernen Hand», Don Ramón del Valle-Inclán, Blaise Cendrars, Paul Wittgenstein, il pianist, Alexander Ypsilanti, prenci e major general dil zar, José Millán Astray, general franchist, fundatur dalla legiun spagnola.

Ed il tat steva achticstellig, il crutsch dil stumbel salutond encunter la tempra. Gie, il tat veva rimnau, enstagl da marcas ed uviarchels da groma da caffè, mellis nums dad umens cun in bratsch e lur alliras.

Napoleon, pretendeva miu tat, vevi en verdad giu in bratsch. Ueii, tgei pareta imperiala fageva quei Bonaparte ault a cavagl alv, la mongia vita el vent che buffa, agradora sco'l manti d'in ulan.

Ed el mirava sil nas dil ruog da caffè e fuva cuntents sco in aunghel.

Großvaters rechte Hand war ein Haken. Das war seine dämonische Seite. Alles Krumme faszinierte ihn: Nasen, Fensterhaken, Winkelzüge. Löschhorn und Hohlaxt waren ihm die liebsten Gerätschaften. Wenn eines Tages die Schar jener, die keinen Schatten werfen, bei ihm vorbeikäme, würde er sich den Reihen der Einarmigen anschließen, mitmarschieren in Gesellschaft von Schriftstellern und Generälen, von Notabilitäten, so sagte er, wie Miguel de Cervantes Saavedra, Götz von Berlichingen «mit der eisernen Hand», Don Ramón del Valle-Inclán, Blaise Cendrars, Paul Wittgenstein, dem Pianisten, Alexander Ypsilanti, Prinz und Generalmajor des Zaren, José Millán Astray, franquistischer General und Gründer der Spanischen Legion.

Und Großvater stand in Achtungstellung da, salutierte stramm, den Haken an der Schläfe. Ja, Großvater hatte statt Briefmarken oder Kaffeerahmdeckeli die Namen von Tausenden von einarmigen Männern gesammelt, samt ihren Allüren und Marotten.

Napoleon, so behauptete Großvater, habe in Tat und Wahrheit nur einen Arm gehabt. Uii, was für eine imperiale Pracht, dieser Napoleon hoch auf dem weißen Ross, der leere Ärmel waagrecht flatternd im Wind wie der Mantel eines Ulanen!

Und Großvater guckte auf den Schnabel der Kaffeekanne und war zufrieden wie ein Engel.

«In Wien eilte ihr die Fama voraus: Schöne Spaniolin, ‹die Veza›, klug und scharfsinnig, konnte Shakespeare auswendig, schwarzes Haar und weiße Haut, so saß sie vor dem Lesepult des Karl Kraus. Dem jungen Elias Canetti fiel auf, dass das berühmte Fräulein Taubner-Calderon nach dem Vortrag des Meisters keinen Beifall spendete. Warum, das erfahren wir in seiner lang nach ihrem Tod geschriebenen Autobiografie nicht: Ihr fehlte zum Klatschen eine Hand, die linke. Noch diskreter verschwieg er, dass Veza, seine erste Frau, eine wunderbare Schriftstellerin gewesen ist, vergessen und verbrannt.»

Spiegel Online 27.12.2001

La scua e la fuortga pegna fuvan ina en in cantun, tschella en tschei cantun. Schevan nuot. Stevan sco festa. La fuortga pegna veva baul dents, baul greflas, baul corns, secund sco el mirava sin ella e sco ella betteva umbriva. Ella betteva umbriva. Pia buc in uaffen sco la scua.

Aber el veva fatg stem: la fuortga pegna ha ina grefla in tec pli cuorta che tschella. Gl'emprem veva el tertgau che quei seigi rut giu, aber tut las fuortgas pegna eran aschia. Strauni, strauni, veva il tat fatg sco da dir si ina fuormla magica. Il tat era surstaus, con satel ch'il buob veseva. Suspectava che quei dil dent stoppi ver da far enzatgei cun in vegl striegn manedel.

Besen und Ofengabel standen je in einer Ecke, sagten nichts, standen stumm wie Stöcke. Die Ofengabel hatte bald Zähne, bald Krallen, bald Hörner, je nachdem wie er sie anguckte und welchen Schatten sie warf. Sie warf einen Schatten. War also kein Ding wie der Besen.

Aber ihm war aufgefallen: Ein Zinken der Ofengabel war etwas kürzer als der andere. Zuerst hatte er gedacht, da sei etwas abgebrochen, aber alle Ofengabeln waren so. Seltsam, seltsam, hatte Großvater gemurmelt, als spräche er eine magische Formel. Großvater war erstaunt, wie fein der Bub beobachtete. Hegte den Verdacht, die Sache mit dem Zinken sei mit einem alten Zauber verknüpft.

La historia da Fernando Lopez ei la historia dil Robinson cun giu in maun. Quella ch'il tat ha stuiu raquintar las pli bia ga. Quella ch'il tat raquintava adina senza la protesa, e quella che nus savevan ordadora, e sch'il tat svariava mo in tec en in detagl, currigevan nus el. Aber el stueva raquintar ella pervia dalla maniera, co el raschunava, ed ils pigns stevan e tedlavan e fuvan sin l'insla cun in Portughes senza fatscha.

La historia ch'jeu vevel daditg emblidau, tochen ch'jeu hai puspei legiu ella per casualitad tier Julia Blackburn, ed il mund da cu jeu erel pigns era puspei cheu suenter curonta onns, sco sch'ei fuss stau nuot auter ch'in fem denteren.

«Fernando Lopez veva bandunau la patria per ir cul general D'Alboquerque ora sin las mars. 1510 han els traversau igl Ocean Indian ed ein i a riva a Goa, han priu en quella fortezia e declarau la tiara nua ch'els stevan ed il continent davos ella per lur possess. D'Alboquerque ei navigaus anavos ella patria per pli bia schuldada ed ha schau anavos Lopez cul camond da tener la fortezia tochen ch'el tuorni. Turnaus anavos suenter dus onns vevan ils umens emblidau el, priu la religiun da Mohammed e vivevan tenor las disas dils indigens. Ils malfideivels ein vegni catschai ensemen e castigiai. Il pli fetg da tuts Fernando Lopez, pertgei el fuva il cumandant. Perquei han ei tagliau giu ad el

Die Geschichte des Fernando Lopez ist die Geschichte des einhändigen Robinson. Die Geschichte, die Großvater am häufigsten erzählen musste. Die er immer ohne Prothese erzählte und die wir auswendig konnten. Und wenn Großvater auch nur ein klein wenig abwich, korrigierten wir ihn. Aber er musste sie erzählen wegen der Art und Weise, wie er erzählte, und wir lauschten still und waren auf der Insel zusammen mit einem Portugiesen ohne Gesicht.

Ich hatte die Geschichte längst vergessen, als ich sie zufällig bei Julia Blackburn wieder las, und die Welt meiner Kindheit war nach vierzig Jahren wieder da, als ob dazwischen nicht mehr als ein bisschen Dunst gewesen wäre.

«Fernando Lopez hatte die Heimat verlassen, um mit dem General D'Alboquerque zur See zu fahren. 1510 hatten sie den Indischen Ozean überquert und gingen in Goa an Land, eroberten diese Festung und erklärten den Boden, auf dem sie standen, und den ganzen Kontinent dahinter zu ihrem Besitz. D'Alboquerque segelte zurück in die Heimat, um mehr Soldaten zu holen, und ließ Lopez zurück mit dem Befehl, die Festung bis zu seiner Rückkehr zu halten. Als er nach zwei Jahren zurückkehrte, hatten die Männer ihn vergessen, hatten die Religion Mohammeds angenommen und lebten nach den Sitten der Eingeborenen. Die Treulosen wurden zusammengetrieben und bestraft. Am härtesten von allen Fernando Lopez, denn er war der Komman-

il maun dretg, il polisch seniester, il nas, las ureglias. Ils cavels vevan ei tratg ora ad el, la barba, las survintscheglias, ina pratica che fuva enconuschenta sut ‹far giu las squamas›. Cu tut ei stau vargau han ins schau liber ils umens, e tuts ein fugi dalla glieud. Treis onns pli tard ei D'Alboquerque morts, e Lopez ei vegnius neunavon per turnar anavos el Portugal tier sia famiglia. Suenter biars dis sin la mar ei il bastiment arrivaus a S. Helena, in punctin pign egl Atlantic dil sid, tschunconta kilometers liungs, nov kilometers lads. Cheu cargavan las navs portughesas aua frestga e da magliar. Tuttenina eis ei stau clar a Lopez ch'el sappi buca pli turnar el Portugal sco el veseva ora. El ei sedecidius da sefugir egl uaul. La nav ei partida. Igl um cun in maun ha viviu dad jarvas ed animals ch'ei veva avunda sin l'insla e che fuvan buca spuretgs. Suenter in onn ei puspei in bastiment vegnius. Ils marinaris ein sesmarvegliai, cu ei han anflau ina ruosna ed in letg da strom, nua ch'el durmeva. Els han cargau lur aua, schau tut sco ei era, laschau anavos ina brev, nua ch'ei steva ch'el dueigi buca sefugir l'autra ga cu ina nav vegni, negin vegli far zatgei ad el. Lu ei la nav partida, e cu ella era aunc buca lunsch, ei in caduscal daus giu dalla nav, e las undas han purtau el a riva, e Fernando Lopez ha pigliau el e pervesiu el cun ris ch'els vevan schau anavos pigl um. Il tgiet fuva la suletta creatira dumiastia ch'el veva. La notg durmeva quel

dant. Darum haben sie ihm die rechte Hand, den linken Daumen, Nase und Ohren abgeschnitten. Die Haare haben sie ihm ausgerissen, den Bart, die Brauen – eine Praxis, die unter der Bezeichnung ‹entschuppen› bekannt war. Als alles vorüber war, ließ man die Männer frei, und alle flüchteten sich vor den Leuten. Drei Jahre später starb D'Alboquerque, und Lopez tauchte wieder auf, um nach Portugal zu seiner Familie heimzukehren. Nach vielen Tagen auf See erreichte das Schiff St. Helena, ein Pünktchen im Südatlantik, fünfzig Kilometer lang, neun Kilometer breit. Da luden die portugiesischen Schiffe frisches Wasser und Proviant. Mit einem Mal wurde Lopez klar, dass er so, wie er aussah, nicht nach Portugal zurückkehren konnte. Er entschloss sich, in den Wald zu fliehen. Das Schiff lief aus. Der einhändige Mann lebte von Kräutern und Tieren, von denen es auf der Insel genug gab und die nicht scheu waren. Nach einem Jahr landete wieder ein Schiff. Die Matrosen staunten, als sie ein Loch und darin ein Strohbett fanden, in dem Lopez schlief. Sie brachten ihr Wasser an Bord, ließen alles unverändert und hinterließen einen Brief, in welchem stand, dass er nicht fliehen solle, wenn wieder ein Schiff käme, niemand wolle ihm etwas antun. Dann lief das Schiff aus, und als es noch nicht weit gesegelt war, fiel ein Hähnchen von Bord, und die Wellen trugen es an Land, und Fernando Lopez fing es und fütterte es mit Reis, den die Matrosen für ihn zurückgelassen hatten. Der Hahn war die einzige zahme Kreatur, die Lopez hatte. Nachts

sin il mischun sur siu tgau, sil di manizzava il craschlauner suenter el e vegneva cu el clamava. L'autra ga ch'in bastiment ei vegnius ha el ughegiau da s'avischinar als carstgauns e tschintschar cun els. Ils marinaris vevan malpuccau e tema dad el.» Veseis sia fatscha monstrusa, platta, niua, stgira dil sulegl, dil vent, dil sal, senza nas, senza ureglias, ed il bratsch che fuva in stumbel.

Ed ils affons miravan sil stumbel dil tat, ed il tat veva la fatscha destruida e fuva Fernando Lopez.

«Cul maun seniester ha Lopez entschiet a runcar e semnar e far tratga cun animals ch'ils marinaris vevan dau ad el. El fuva daventaus in Sigisbert en Rezia exotic. Il vent ha purtau ils sems da sias plontas sin l'entira insla. Ils animals han entschiet ad ir libramein per l'insla entuorn. Aschia ei S. Helena daventada in paradis, nua che mo in carstgaun habitava. E sin l'insla eis el morts, suenter ch'el veva viviu leu in liung temps, igl onn dil Segner 1546.»

Ed il tat levava si e mava, ed ils affons vevan bugen el, sco ei vevan bugen Fernando Lopez.

schlief er auf der Stange über seinem Kopf, tagsüber trippelte und krähte der Schreihals hinter ihm her und kam herbeigelaufen, wenn er ihn rief. Als wieder ein Schiff gelandet war, wagte er, sich den Menschen zu nähern und mit ihnen zu sprechen. Die Matrosen bemitleideten und fürchteten ihn.» Seht ihr sein monströses, plattes, nacktes Gesicht, dunkel von Sonne, Wind und Salz, ohne Nase, ohne Ohren, und den Arm, der ein Stumpf war?

Und die Kinder schauten auf den Armstumpf des Großvaters, und Großvater hatte ein zerstörtes Gesicht und war Fernando Lopez.

«Mit der linken Hand begann Lopez zu roden und zu säen und Tiere zu züchten, welche ihm die Matrosen überlassen hatten. Er war ein exotischer Sigisbert in Rätien geworden. Der Wind trug die Samen seiner Pflanzen über die ganze Insel. Die Tiere begannen, sich frei auf der Insel zu bewegen. So wurde St. Helena ein Paradies, bewohnt von nur einem Menschen. Und auf der Insel ist er gestorben, nachdem er dort lange Zeit gelebt hatte, im Jahre des Herrn 1546.»

Und Großvater erhob sich und ging, und die Kinder hatten ihn gern, so wie sie Fernando Lopez gern hatten.

Igl onn duamelli ha il biadi mess il davos cun in bratsch ella collecziun dil tat: Quel che ha cattau la California ella Val dil Rein Tiert ch'el ha saviu viver l'entira veta giu da siu num sco cava-aur, senza mai ver viu l'America, dalla quala il tat scheva ch'ils vegls schevien: «Culs vegls va la mort e culs giuvens la California», e ch'il Gion Benedetg Beer, il Maricaner, vevi scret anavos als ses ord l'America: «Jeu seregordel eung bein co la glieut scheven schei fus buca quella mar sche mas jeu er el America, mo pertgei tamer la mar e buca de tumer de ira en letg, ei miera pli biars en letg che silla mar.»

Ils Maricaners fuvan pil buob quels che temevan buca la mar e fuvan i ell'America cu i deva buca eroplans, existevan aunc adina pervia da lur brevs, e turnavan mai pli.

Im Jahr 2000 hat der Enkel die Sammlung des Großvaters mit einem letzten Einarmigen ergänzt: mit jenem, der zuhinterst in der Val Reintiert sein Kalifornien gefunden und sich so für den Rest seines Lebens einen Namen als Goldgräber gemacht hatte, ohne je jenes Amerika gesehen zu haben, von dem Großvater erzählte, dass die Alten gesagt hätten: «Die Alten holt der Tod, und die Jungen holt Kalifornien», und weiter, dass Gion Benedetg Beer, der *Maricaner* den Seinen aus Amerika geschrieben habe: «Ich erinnere mich noch gut, wie die Leute sagten: Wenn nur dieses Meer nicht wäre, dann ginge ich auch nach Amerika. Aber warum das Meer fürchten und sich nicht fürchten, ins Bett zu gehen, es sterben mehr Leute im Bett als auf dem Meer.»

Die *Maricaner* waren für den Bub jene, die das Meer nicht gefürchtet hatten und nach Amerika gegangen waren, als es keine Flugzeuge gab, die noch immer da waren in ihren Briefen und nie mehr zurückkehrten.

Dus umens sin bastiments hai jeu aunc el tgau ord sias historias, co ei stattan sco lingialas sin la palaunca e miran o ellas undas e svaneschan alla fin el venter dalla nav. In egl Atlantic dil nord, tschel lunsch enagiu ella medema mar. In cun in maun catschaus ella fessa dil mantel ner, tschel cun in stumbel comba, fatgs ord igl ies d'ina missiala-balena, fitgaus en ina ruosna furada ella palaunca. In semussond l'emprema gada sil palancau dapi ch'il bastiment fuva sin la mar, tschel la davosa gada avon che ir a riva. In ord la litteratura, tschel ord in nausch siemi. Ina historia per tudestg, tschella per romontsch. Domisduas screttas all'entschatta en engles:

1

«So stand Ahab aufgerichtet da und blickte geradewegs hinaus über den unaufhörlich stampfenden Bug des Schiffes hinweg. Es war da ein unendliches Mass an härtester Willensstärke, eine entschiedene, unbeugsame Hartnäckigkeit in der festen und furchtlosen, vorwärtsstrebenden Hingebung jenes Blickes. Nicht ein Wort sprach er; noch sagten seine Offiziere irgend etwas zu ihm; obgleich sie mit all ihren geringsten Gesten und Gesichtsausdrücken das unbehagliche, wenn nicht schmerzvolle Bewusstsein offenbarten, unter dem trüben Auge eines Herrn zu stehen. Und nicht nur das, sondern der schwermütige geschlagene Ahab stand vor ihnen mit Marterspuren im Gesicht; und all der namenlosen königlichen überwältigenden Würde irgendeiner mächtigen Pein.

Zwei Männer auf Schiffen sind mir noch in Erinnerung geblieben aus Großvaters Geschichten, wie sie kerzengerade auf den Planken stehen und in die Wellen hinausschauen, um schließlich wieder im Bauch des Seglers zu verschwinden. Einer im Nordatlantik, der andere im selben Meer, aber viel weiter südlich. Einer mit der Hand im Ausschnitt des schwarzen Mantels, der andere mit einem künstlichen Bein, aus dem Unterkieferknochen eines Wals gefertigt und in ein Loch im Deck verkeilt. Einer zeigt sich erstmals, nachdem das Schiff in See gestochen ist, der andere zum letzten Mal, bevor er an Land geht. Der eine kommt aus der Literatur, der andere aus einem bösen Traum.

1

«So stand Ahab aufgerichtet da und blickte geradewegs hinaus über den unaufhörlich stampfenden Bug des Schiffes hinweg. Es war da ein unendliches Mass an härtester Willensstärke, eine entschiedene, unbeugsame Hartnäckigkeit in der festen und furchtlosen, vorwärtsstrebenden Hingebung jenes Blickes. Nicht ein Wort sprach er; noch sagten seine Offiziere irgend etwas zu ihm; obgleich sie mit all ihren geringsten Gesten und Gesichtsausdrücken das unbehagliche, wenn nicht schmerzvolle Bewusstsein offenbarten, unter dem trüben Auge eines Herrn zu stehen. Und nicht nur das, sondern der schwermütige geschlagene Ahab stand vor ihnen mit Marterspuren im Gesicht; und all der namenlosen königlichen überwältigenden Würde irgendeiner mächtigen Pein.

In Kürze zog er sich von seinem ersten Besuch an der frischen Luft in seine Kajüte zurück.»

2

«El ei ius immediat si suren, cu el ha udiu ch'ins hagi contonschiu il liug, e grad aunc avon ch'ei vegni stgir ha el dau ina egliada sin ina massa greppusa circumdada dad auas neras, ruasseivlas. L'autra damaun eis el levaus baul, semess si davon ella nav per spieghelar giu l'insla exactamein. Cun snavur constatescha el ch'ella fuva da di aunc meins hospitala che la sera avon. Da tschella vart dallas pèr casas alvas da Jamestown, catschadas el stretg, e dallas greppas rattas che pertgiravan quellas, ha el buca saviu eruir bia, aber quei ch'el veseva cheu avon el stueva esser zatgei sc'in siemi per mintga strateg che stueva temer attaccas da tuttas varts. Tun da canuns veva annunziau la sera avon l'arrivada. Ussa vesa el ils canuns che catschan lur nas agressivs sur igl ur dalla greppa. Tuors e casettas da guardia e las conturas ziczac d'in sistem da telegraf sedistaccan dil horizont, dapertut sgulatscha igl union jack» – Tat, tgei ei quei? – Quei ei sco i dian alla fana englesa – «e glischa metal fatgs tarlischar, ferton che la schuldada cuora en prescha vi e neu. Napoleon sevolva si pigl um che stat sper el e fa, schetg, la remarca: ‹Buc in bi liug da dimora. Jeu vess fatg meglier da star ell'Egipta.› Sinquei seretila el senza commentari en sia cabina.»

In Kürze zog er sich von seinem ersten Besuch an der frischen Luft in seine Kajüte zurück.»

2
«Er ging sofort an Deck, als er hörte, dass man den Bestimmungsort erreicht habe, und gerade noch vor der abrupt hereinbrechenden Dunkelheit der Tropennacht erhaschte er einen kurzen Blick auf eine felsige Masse, umgeben von ruhigen schwarzen Wassern. Am nächsten Morgen stand er früh auf und stellte sich an den Bug des Schiffes, um die Insel durch den Feldstecher genauer zu betrachten. Erschrocken stellte er fest, dass sie bei Tag sogar noch ungastlicher wirkte als am Abend zuvor. Jenseits der paar dichtgedrängten weissen Häuser von Jamestown und der steilen Klippen, die sie bewachten, konnte er nicht viel erkennen, aber was er da vor sich sah, musste so etwas sein wie der Traum eines jeden Militärstrategen, der Angriffe von allen Seiten zu befürchten hat. Kanonendonner hatte am Vorabend die Ankunft angekündigt, und nun konnte er die Kanonen sehen, die ihre Nasen angriffslustig über den Rand der Klippen streckten. Wachtürme und Schilderhäuser und die zackigen Konturen eines Telegraphensystems hoben sich vom Horizont ab, überall flatterte der Union Jack» – Großvater, was ist das? – So sagt man der englischen Flagge. – «und glänzte poliertes Metall, während die Soldaten eilig hin und her rannten. Napoleon wandte sich dem Mann zu, der neben ihm stand, und bemerkte trocken: ‹Kein hübscher Aufenthaltsort. Ich wäre besser in Ägypten geblieben.› Daraufhin zog er sich ohne weiteren Kommentar in seine Kabine zurück.»

Da negin ei vegniu scret ton sco da quei um. Da S. Helena san ins mintga mustga ch'el ha spuentau, mintga plaid ch'el ha detg, mintga mobilia ch'el ha ruchegiau per far sia lunguriala in tec supportabla. In antenat dad Oria veva possediu ina gigantica biblioteca napoleonica cun varga 20 000 cudischs che la Wehrmacht veva confiscau e tarmess a Berlin. Ella saveva capir daco ch'ins cultiveschi sco um quei Franzos che fuva gnanc in. Il Napoleonissem, quella allianza denter spért ed act, ideas e canuns, sco Heinrich Mann veva scret, lubeva a pign e grond da veser il generalissimus en sesez. Aber era cheu vala quei ch'ei seigi mo in pign pass dil niebel al ridicul. Biars che Oria veva bugen fuvan sesurdai a quella veneraziun, e perquei fuvan els suspects ad ella: Lord Byron e Goethe e Puschkin, Heine e Hegel, Manzoni e Heinrich Mann, Placidus Spescha ed ina partida da mes antenats.

Über niemanden ist so viel geschrieben worden wie über diesen Mann. Aus der Zeit auf St. Helena kennt man jede Fliege, die er verscheucht hat, jedes Wort, das er gesagt hat, jedes Möbelstück, das er gerückt hat, um seine Langeweile erträglicher zu machen. Einer von Orias Vorfahren hatte eine gigantische Napoleon-Bibliothek mit über 20 000 Bänden besessen, welche später von der Wehrmacht konfisziert und nach Berlin geschickt worden war. Sie sah ein, dass man als Mann diesen Franzosen verehrte, der gar keiner war. Der Napoleonismus, diese Allianz von Geist und Tat, von Ideen und Kanonen, wie Heinrich Mann geschrieben hat, gestattete es Groß und Klein, den Generalissimus in sich selbst zu sehen. Aber auch hier gilt, dass es vom Erhabenen zum Lächerlichen nur ein Schritt ist. Viele, die Oria mochte, hatten sich dieser Verehrung ergeben, und deshalb waren sie ihr suspekt: Byron und Goethe und Puschkin, Heine und Hegel, Manzoni und Heinrich Mann, Placidus Spescha und eine ganze Reihe meiner Vorfahren.

Il tat s'imaginava ch'el seigi ella biblioteca napoleonica da siu tat. Mava sc'in general suenter las retschas cudischs si, steva – tac – eri, semenava rechtsumkehrt, vegneva tacschritt suenter las retschas cudischs giu, ils egls tut agrado, senza batter els, arretava, scadenava ils garlets in encunter l'auter, deva ina berglada, deva ina quarta menada encunter ils cudischs, alzava las survintscheglias, fixava in cun dies lad. *Emil Ludwig* stevi sin quei dies, epi *Napoleon,* ina ediziun speciala, cumparida 1931 tier Rowohlt en 100 000 exemplars. Fixava quel dretg dil Ludwig. *Spengler* stevi sin quei dies, epi *Der Untergang des Abendlandes.* Prendeva cun ina targida igl untergang ord la retscha e schlagava el sin pagina 1081 e legeva:

«Damit ist der Eintritt in das Zeitalter der Riesenkämpfe vollzogen, in dem wir uns heute befinden. Es ist der Übergang vom Napoleonismus zum Cäsarismus, eine allgemeine Entwicklungsstufe vom Umfang wenigstens zweier Jahrhunderte, die in allen Kulturen nachzuweisen ist.»

Epi fageva miu tat si ina mina da buna luna e cantava frontschamein la canzun naziunala dil Stefau: «Den Riesenkampf mit dieser Zeit zu wagen» e midava lu vi sin romontsch: «Cul spért modern pervers de batter las battaglias, Buglient el giuven cor aunc la vigur ...»

El fuva, sco Oria maniava, dalla febra da siu Napoleon pign en el cun las vastas ponderaziuns d'in grond tschurvi da strateg, vegnius en ina meins heroica reali-

Großvater stellte sich vor, er sei in der Napoleon-Bibliothek seines Großvaters. Schritt wie ein General die Bücherreihen ab, stand – tac – still, machte rechtsumkehrt, kam im Taktschritt die Bücherreihen herunter, die Augen starr und ohne zu blinzeln geradeaus gerichtet, klopfte die Absätze zusammen, brüllte ein Kommando, wandte sich den Bücherreihen zu, hob die Brauen, fixierte einen Band mit breitem Rücken. *Emil Ludwig* stand darauf und *Napoleon,* eine Spezialausgabe, 1931 bei Rowohlt in 100 000 Exemplaren erschienen. Fixierte den Band rechts von Ludwig. *Spengler* stand auf dessen Rücken und *Der Untergang des Abendlandes*. Griff sich den Untergang mit einem Ruck aus der Reihe, schlug Seite 1081 auf und las:

«Damit ist der Eintritt in das Zeitalter der Riesenkämpfe vollzogen, in dem wir uns heute befinden. Es ist der Übergang vom Napoleonismus zum Cäsarismus, eine allgemeine Entwicklungsstufe vom Umfang wenigstens zweier Jahrhunderte, die in allen Kulturen nachzuweisen ist.»

Und dann erhellten sich die Züge meines Großvaters, und er sang frisch und frank die Nationalhymne des Stevau: «Den Riesenkampf mit dieser Zeit zu wagen, da frisch noch blüht der Jugend Kraftgefühl», um dann ins Romanische zu wechseln: «*Cul spért modern pervers de batter las battaglias, Buglient el giuven cor aunc la vigur ...*»

Oria aber meinte, Großvater sei aus dem Fieber seines kleinen inneren Napoleon mit den souveränen

tad, numnadamein sil nivel d'ina buccada signur vegl dalla Societad svizra da students denter mesa las dudisch e l'ura da polizia.

Überlegungen eines großen Strategenhirns in eine weniger heroische Realität versetzt worden, nämlich auf das Niveau eines herzlich unbedeutenden Altherrn des Schweizerischen Studentenvereins zwischen halb zwölf und Polizeistunde.

Nies Shatterhand veva num Napoleon. Oria veva buca bugen ch'el raquintava las historias als affons. Ella veva scumandau ad el da raquintar dallas battaglias.

El astgava buca raquintar dalla battaglia dad Essling 1809 avon las portas da Vienna che veva cuzzau trenta uras e custau la veta a 40 000 schuldai, mintga treis secundas in miert. Astgava bu raquintar dil curassier che veva empaglia in maun amiez la battaglia e che capitani Saint-Didier ha pressiau ina butteglia vinars denter ils dents e griu: «Beiba ed en siala!» – «Cun quei maun?» veva in camerat burliu. «Per la spada drova el buca siu maun seniester!» – «Aber per las hottas.» – «El sa prender ellas entuorn la manviala.» Stgava bu raquintar co ils cavallarists da Saint-Didier eran sederschi puspei e puspei ella garniala austriaca che segava, derscheva. Dils cavals, nutri mo cun dumiec, che pudevan buca pli suenter tontas attaccas e mavan mo en in spert trot, il mender pass pils curassiers, che vegnevan cheutras scurlai cuntinuadamein che l'armadira d'itschal tagliava ad els la schuviala, il culiez, ils caluns. Stgava bu raquintar dil cavalier, co ina rucla canun veva scarpau naven ad el il tgau, e co il saung sprizzava cun zacuossas ord il culier da siu cuirass, il cavalier

Unser Shatterhand hieß Napoleon. Oria sah es nicht gern, dass Großvater den Kindern diese Geschichten erzählte. Sie hatte ihm verboten, von den Schlachten zu erzählen.

Er durfte nicht erzählen von der Schlacht von Essling 1809 vor den Toren Wiens, die dreißig Stunden gedauert und 40000 Soldaten das Leben gekostet hatte, alle drei Sekunden ein Toter. Durfte nicht erzählen von jenem Kürassier, dem inmitten der Schlacht die Hand abgerissen worden war und welchem Hauptmann Saint-Didier eine Flasche Schnaps zwischen die Zähne gestoßen hatte mit dem Ruf: «Trink und auf in den Sattel!» – «Mit seiner zerschmetterten Hand?», hatte ein Kamerad geschrien. «Für den Degen braucht er seine linke Hand nicht!» – «Aber für die Zügel!» – «Er kann sie ums Handgelenk wickeln!» Durfte nicht erzählen, wie sich Saint-Didiers Kavalleristen wieder und wieder in den mähenden, niederreißenden österreichischen Kugelhagel stürzten. Von den Pferden, die, schlecht gefüttert, nicht mehr galoppieren konnten nach so vielen Attacken, lediglich in einen raschen Trott verfielen, die schlimmste Gangart für die Kürassiere, die so ständig durchgeschüttelt wurden in ihren stählernen Harnischen, welche an den Achseln, am Hals, an den Schenkeln ins Fleisch schnitten. Durfte nicht erzählen von dem Reiter, dem eine Kanonenkugel den Kopf weggerissen hatte, und wie das Blut in Stößen aus dem Kragen seines Kürass schoss, und der

cun giu il tgau sin via ella lingia dall'artigliaria austriaca, eris ella siala, il maun stendius anavon, la spada penderlonta vid la manviala cun ina corda. Stgava buca raquintar dalla mort da Marschall Lannes che veva smardigliau las combas e che veva scutinau a Napoleon ella ureglia avon che murir: «Fai fin cun quella uiara.» Napoleon veva dictau a siu secretari in'ura pli tard: «Marschall Lannes. Ses davos plaids. El ha detg a mi: ‹Jeu less viver, sche jeu sai survir a Vus ...›» – «Survir a Vus», repeta il secretari. «‹Ed a nossa Frontscha. Denton jeu creiel, che Vus vegnies ad haver piars, aunc avon che quell'ura seigi vargada, igl um che fuva Vies meglier amitg ...›»

Pervia dil scamond dad Oria, vevan nus el tgau in Bonaparte sin la palaunca sin la mar ballinaunra, tut in'autra mar che quella da Homer. Igl Ocean luvrava buca sco la mar dall'antica.

Ni che nus vevan el tgau il perschunier, arrivaus sin sia davosa insla, co el mava da stgir tras la massa da glieud a Jamestown, atras la quala ina retscha dubla schuldada cun buis e bajonetta glischa veva fatg gassa. Flammegiavan las fatschas neras, alvas, brinas, cotschnas dalla massa gaglia da marveglias ella glisch dils tizuns che tremblava. Ni che nus vevan avon nus in general desorientau che mava

Reiter ohne Kopf noch immer unterwegs zur Linie der österreichischen Artillerie, starr im Sattel, den Arm nach vorn gestreckt, der Degen an einer Schnur am Handgelenk baumelnd. Durfte nicht erzählen vom Tod des Marschalls Lannes, dem die Beine zerschmettert worden waren und der sterbend Napoleon ins Ohr geflüstert hatte: «Beende diesen Krieg so schnell wie möglich.» Eine Stunde später hatte Napoleon seinem Sekretär diktiert: «Marschall Lannes. Seine letzten Worte. Er hat zu mir gesagt: ‹Ich möchte leben, wenn ich Ihnen dienen kann ...›» – «... Ihnen dienen kann ...», wiederholte der Sekretär. Und Napoleon weiter: «Setzen Sie hinzu: ‹... sowie unserem Frankreich. Aber ich glaube, dass Sie vor Ablauf einer Stunde Ihren besten Freund verloren haben werden ...›»

Wegen Orias Verbot hatten wir einen Bonaparte im Kopf, der auf einem Schiffsdeck stand, im wogenden Meer, einem ganz anderen Meer als bei Homer. Der Ozean des 19. Jahrhunderts funktionierte anders als das Meer der Antike.

Oder wir hatten den Gefangenen im Kopf, auf seiner letzten Insel angelangt, wie er in Jamestown im Dunkeln durch die Menge schritt, durch welche eine Doppelkolonne Soldaten mit Gewehr und schimmerndem Bajonett eine Gasse bildeten. Glänzend im zitternden Schein der Fackeln die schwarzen, weißen, braunen, roten Gesichter der neugierigen Menge. Oder wir hatten vor uns einen desorientierten General, der fünf

tschun jamnas ellas salunas dil Kreml sidengiu, la bratscha si dies en crusch, in che regeva absolut persuls in Moscau vit cun ses tschiens clutgers dad aur senza Russers, che lezs devan fiug inaga en quei cantun, l'autra gada en tschei cantun, e fagevan vegnir el cun lur tactica ord la suna. Ni che nus vevan avon nus in che seretargeva dalla Russia cun sia armada, ruinada da fom e freid. Napoleon, il november 1812, denter Orscha e Borissow. El marschava a pei ellas retschas da sia garda, sfundrava afuns ella neiv. Kilometers alla liunga bu plaid. Ni in Napoleon en bara, sterics, freids en sia uniforma, al qual ils carstgauns che fagevan corda s'avischinan per ina davosa egliada pitgiva. Sper il tgau dalla bara in survient che spuenta las mustgas da sia fatscha. Sin tgau il capalun traversal cul péz dretg e seniester. La cadeina da glieud precauta, sco sch'el savess siglir en pei mintga mument.

Wochen lang, die Arme auf dem Rücken gekreuzt, in den riesigen Sälen des Kreml auf und ab schritt, der mutterseelenallein ein leeres Moskau regierte, mit hundert goldenen Kirchtürmen, aber ohne Russen, ein Moskau, das von diesen unsichtbaren Russen bald an dieser, bald an jener Ecke angezündet wurde, eine Taktik, die ihn fast um den Verstand brachte. Oder wir hatten vor uns einen, der sich mit seiner Armee aus Russland zurückzog, von Hunger und Kälte besiegt. Napoleon, im November 1812, zwischen Orscha und Borissow. In den Reihen seiner Leibgarde mitmarschierend, im Schnee einsinkend. Kilometerlang kein Wort. Oder einen Napoleon im Sarg, starr und kalt in seiner Uniform, dem sich die Menschen in langen Kolonnen näherten für einen scheuen letzten Blick. Neben dem Kopf der Leiche ein Diener, der die Fliegen vom Gesicht verscheuchte. Quer auf dem Kopf der mächtige Zweispitz. Die wartende Menschenschlange vorsichtig, als ob er jeden Moment aufspringen könnte.

Variaziuns romontschas ch'il tat veva fatg sin Anna Blume, quella dunna che fuvi ina sabella:

O Onna Schuoba

O ti, carezada da mias 27 mustgas, jeu carezel ti!
Ti ed jeu ed jeu e ti, ti a mei, mei a mi, — nus?
Quei auda buca cheu aschi blabla!

Tgi eis ti, dunna bu dumbrada, ti eis, eis ti?
I dian, ti seigies sabella.
Lai dir els, els san bu ch'il tgamin stat.

Ti has la fagotscha sin sacotscha e tgaminas sil fagot,
Sin barlot tgaminas ti.

Ohè, tia cotschna schubanza tinglada en teilanzas fueila,
Cotschen leppel jeu Onna Schuoba, cotschen leppel jeu ti.
Ti ed jeu ed jeu e ti, ti a mei, mei a mi, — nus?
Quei auda schi blabla el bau burblau!
Onna Schuba, cotschna Onna Schuoba, co diani?

Taur da premi di:

1) Onna Schuba ha bellas
2) Onna Schuba ei cotschna.
3) Tgei colur han las bellas, babellas?

Variationen, die Großvater auf Anna Blume verfasst hatte, eine Sibylle, seine *Onna Sabella Schuoba*.

An Ann Anna Onna Roda Rad

Ach, auch Du, Karrettchenlieb, mit Deinen 27 Rädchen
ich karessiere Dir!
Du schrillst, ich schrille, er schrillt, wir wollen
Pfeifchen — willst?
Das gehört sich nicht hierhin soso!

Du sei Du, Frau des *talianers,* Du seis, seis Du.
Italienne seist Du, sagen sie.
Lai far, lass fahren, ihnen bleibt der Kampanile
unkapiert.

Füßchen fein im Karrettchen klein
schreitest über Kraut und Stiel
Capuns bereitest Du.

Bimeid, schöne Maid, Eidexlein grün
Fülle gehüllt in *seida foularda.*
Grüner Blick auf Anna Rad,
grün erschau ich Dir.
Du schrillst, ich schrille, er schrillt, wir wollen
Pfeifchen — willst?
Onna Roda, Anna grün, verflixtes Eidhexlein — mein?

Izun ei la colur da tes cavels mellens,
Cotschen ei la colur da tias bellas, babellas verdas,
Ti matta murastga ella vestgadira dalla tatta,
Ti cara animala verda, jeu carezel ti!
Ti ed jeu ed jeu e ti, ti a mei, mei a mi, — nus?
Quei auda schiblabla el — truchet, tiruar da titgira.

Anna Schuoba, Anna, O — N — N — A,
Ana, Barbl-anna, bel-anna. BALENA!
Jeu daguotel tiu num.
Tiu num daghira hotsch sco seiv lom d'armal.
Hotsch la BALENA.

Sas ti ei, Anna, sas ti gia ei,
Ins sa è leger tei davos en.
E ti, ti pli murauna da tuttas,
Ti eis davos en sco davon en:
A — N — A.
Seiv d'armal daguota TATÀ sur miu dies.
Anna Hutscha,
Animala sleppa, tier dalla mar
Jeu — leppel/amel — ti!

Do re mi sag:

1. Onna Roda hat Räder
2. Anna Rot ist Grün
3. Welche Farbe haben die Räder?

Elfen ist die Farbe Deiner Beine
Grün ist Dein Rosarad
Du holde *matta* Mädchen im Alltagskarrettchen
Du prallgrünes Tierchen, ich liebe Dir!
Du schrillst, ich schrille, er schrillt, wir wollen
Pfeifchen — willst?
Der Ingwer soll im Molkenkessel *gingerlar*.

Anna Roda, Anna Rad, O — N — A!
Ich gummikaue Deinen Namen
Im Schneerausch, wittchenweiß.

Tust Du's, na, na tu's!
Man kann Dich auch linksrechts nach außen lesen.
Und Du, Du Friedlichste von allen,
Du bist vornhinten drunter wie auch drüber
O nein, O NA, o ja, A — N — N — A!
Talgtropfen rieseln leis auf meinen Rücken,
Onna Anna Roda Rad
Larifari fahren lass
Ich — karessiere — Dir!

Ad Onna Roda

È ti, carretta cun tias 27 rodas, jeu carrettel ti!
Ti tgulas, jeu tgulel, el tgula, nus schulein — lein?
Quei auda buca cheu aschi lala!

Ti seis ti, dunna dil talianer, ti seis, seis ti.
I dian, ti seigies talianra.
Lai far, els capeschan nuot da campanils.

Ti has la carretta suttapeis e caminas sils urteis,
Capuns sbuglientas ti.

Uscha, ti verda luscharda fullada en seida fullarda,
Verd uardel jeu Onna Roda, verd uardel jeu ti.
Ti tgulas, jeu tgulel, el tgula, nus schulein — lein?
Quei lauda la-lala il tschiel schi blau!
Onna Roda, verda Onna Stoda, co diani?

Do re mi di:

1) Onna Roda ha rodas
2) Onna Roda ei verda.
3) Tgei colur han las rodas?

Ivur ei la colur da tes dents alvins,
Verd ei la colur da tias rodas rosas,
Ti matta carina ella carretta da mintgadi,
Ti stagna animala verda, jeu carezel ti!

Ti tgulas, jeu tgulel, el tgula, nus schulein — lein?
Quei ha da gingerlar el — sadlut da latgira.

Anna Roda, Anna, o — n — a!
Jeu mustigel tiu num.
Tiu mun delira sco neiv, alv da cocs.

Fas ti ei, Nanna, fas ti ei.
Ins sa è leger tei ano.
E ti, ti pli pacifica da tuttas,
Ti eis davondavos anen ano:
o — n — a, a — n — o.
Seiv cun pal laguotta lalà sur miu dos.
Onna Roda,
Larifaria cretta
Jeu — carrettel — ti!

«Ob diese Histori also von der Priesterschaft ersinnet worden, die Sennen in einem Christenlichen Leben zu unterhalten, oder ob sie in der That also sich zugetragen, wil ich nicht beurtheilen.»

J.J. Scheuchzer, 1716

Las hartas, quei ei il cudisch d'oraziun dil giavel, veva il pader Pius tremulau suls tgaus viadora, e tuts vevan gizzau las ureglias giu els bauns, aber suenter era ei vegniu nuot interessant pli, dano che quei veva regurdau duront la suppa la tatta da Cuoz al suandont eveniment:

   Sil Bostg sur Bugnei fagevan quitordisch, quendisch umens fein a pastg. E lu ei il turmegl vegnius ed ius sco da far termagls cul fein. Cheu arva in um il cunti, tila quel el luft ed ha tuc ina harta, il da siat. E tac! cala il turmegl. Quei ha il Curdin Huonder ruschanau a mi, da Mumpé, el ruschanava bia.

   Mo il cunti hagi gl'um buca anflau pli.

Quei ei stau ina gada da Cor da Maria che la basatta pudeva buca pli vegnir en davos meisa e ch'ei deva dapi lu mintga gada il medem teater, tgei tatta che hagi da seser sisum, perquei che neginas levan prender plaz leu, ed ei mava mintga gada urialuna histadihot tochen che ina ni l'autra cedeva, in teater ch'il buob veva fatg stem ch'ei deva in semegliont era mintgaton ell'ustria cu in leva pagar, e tschel sefitgava: na quei pagh' jeu quella ga, e la matta fuva leu sc'in tgutg e saveva buca tgei far.

Die Spielkarten sind das Gebetbuch des Teufels, hatte Pater Pius über die Köpfe hinwegtremoliert, und in den Bänken drunten hatten alle die Ohren gespitzt, aber danach war nichts Interessantes mehr gekommen. Nur die Großmutter von Cuoz hatte sich später während der Suppe an folgende Begebenheit erinnert:

Auf Bostg oberhalb Bugnei waren vierzehn, fünfzehn Männer am Wildheuen. Und dann kam plötzlich ein Wirbelwind und trug das Heu im Nu davon. Da öffnete ein Mann das Messer, schmiss es in die Luft und traf eine Karte, die Tarock-Sieben. Und tac! hörte der Wirbelwind auf. Das hat mir der Curdin Huonder von Mumpé erzählt, der erzählte viel.

Nur das Messer habe der Mann nicht mehr gefunden.

Eines Tages, es war am Herz-Mariä-Fest, da konnte die Urgroßmutter nicht mehr am Tisch Platz nehmen, und von da weg gab es jedes Mal dasselbe Theater, welche Großmutter nun zuoberst zu sitzen habe, denn keine wollte sich dorthin setzen, und jedes Mal ging es eine Ewigkeit hüstundhott, bis die eine oder die andere nachgab, ein Theater, das es, wie der Bub gemerkt hatte, manchmal auch in der Wirtschaft gab, wenn einer zahlen wollte und ein anderer beharrte: Nein, diesmal bezahle ich, und die Kellnerin stand dumm da und wusste nicht, was machen.

La lectura dalla tatta eran il Calender e la Gasetta. Il Calender veva sin l'emprema pagina ina gada ad onn il prezi ed il motto: Ura e lavura. La Gasetta veva sut siu num duas gadas ad jamna il prezi, il datum, la numra da telefon e la parola: Pro Deo et Patria.

    Tgei Diu veva il tat?
    Jeu sai buc.

Tgei patria veva il tat? Ils Gedius, hai jeu legiu, che Heine hagi scret, hagien saviu fetg e bein tgei ch'els fetschien, cura ch'els han schau allas flommas, che destruevan il secund tempel, la vischala sontga, ils candelabers e las latiarnas dad aur ed argien, e spindrau mo la Scartira e priu egl exil ella. La Scartira seigi daventada lur «patria portativa». Era il tat fuva in fugitiv che haveva ina patria purtativa ch'el purtava cun el: la litteratura.

Großmutters Lektüren waren der *Calender Romontsch* und die *Gasetta Romontscha*. Beim Calender stand auf dem Titelblatt einmal jährlich der Preis und das Motto: Bete und arbeite. Bei der Gasetta stand unter dem Titel zweimal die Woche der Preis, das Datum, die Telefonnummer und die Parole: Pro Deo et Patria.

Welchen Gott hatte Großvater?
Ich weiß es nicht.

Welche Heimat hatte Großvater? Ich habe gelesen, dass Heine geschrieben habe, dass die Juden sehr genau gewusst hätten, was sie taten, als sie den Flammen, die den zweiten Tempel zerstörten, auch die heiligen Gefäße, die Kandelaber und die Lampen aus Gold und Silber überließen und nur die Schrift retteten und mit sich ins Exil nahmen. Die Schrift sei ihr «portatives Vaterland» geworden. Auch Großvater war ein Flüchtling mit einem portativen Vaterland, das er mit sich trug: die Literatur.

La vegliuorda cupidava en bara, melna, ruasseivla. Il baditschun in tec schreg sco ella veva giu il davos, la bucca dada ensemen, perquei ch'ei vevan matei bu schau en ils dents. Odur da flurs da morts. Ils egls tilada viaden ellas foppas. I han buca schau si il spieghel ch'ella semegli sesezza. Ils morts han bu si spieghel. Sogns han ins era aunc mai viu aunc cun spieghel, aunghels era buc. Onna Maria Tumera, numnada Oria, fuva stada mia basatta. Entuorn culiez vev'ins schau ad ella la cadeina culs curals d'ambras. Jeu vess dau cun ella pli bugen la busta freida da J.S. Bach.

– Aschia va ins giu da quei mund gob, buob, mellens, cun detta sterica, veva la tatta detg. – Ed ins sa prender nuot cun ins, ed aschia san ins ir pli tgunsch, sch'ins ha buca raflau e fatg mun.

El, il buob, veva mirau ora ella in davos mument ch'ella fuva stada persula, ius cun ses mauns sur ils uviarchels freids dils egls vi, ius cun sia bucca tiertier dall'ureglia e scutinau sco da scungirar: U che ti fas il segl ni che ti fas buc il segl.

Oz vegnevan ei e mavan cun ella ord stiva. Il tat ha mess si igl uvierchel al vischi che fuva lu in metronom sc'in bov, aber in ch'ins saveva bu trer si. Il tat veva ils egls bletschs. Il schnuz ei buca ius vidaneu in per dis.

Die Greisin schlummerte im Sarg, wächsern, ruhig. Das Kinn ein wenig schief, wie sie es in ihren letzten Tagen gehalten hatte, der Mund eingefallen, wohl weil man ihr das Gebiss herausgenommen hatte. Geruch von Totenblumen. Die Augen tief in den Höhlen. Man hatte ihr die Brille abgenommen, was sie sehr veränderte. Aber Tote tragen keine Brille. Heilige hat man auch noch nie als Brillenträger gesehen, Engel ebenso wenig. Onna Maria Tumera, genannt Oria, war seine Urgroßmutter gewesen. Die Bernsteinkette um den Hals hatte man ihr gelassen. Er hätte ihr lieber die kalte Büste von J. S. Bach mitgegeben.

– So verlässt man diese bucklige Welt, Bub, gelb, mit starren Fingern, hatte Großmutter gesagt. – Und man kann nichts mitnehmen, und darum kann man leichter gehen, wenn man nicht gerafft und angehäuft hat.

Er hatte Oria noch einen letzten Augenblick lang beobachtet, als sie allein dagelegen hatte, war ihr mit den Fingerspitzen über die kalten Augenlider gestrichen, hatte dann seinen Mund ganz nah an ihr Ohr gebracht und beschwörend geflüstert: Entweder du machst den Sprung, oder du machst den Sprung nicht.

Dann waren sie gekommen und hatten sie aus der Stube geholt. Großvater hatte den Deckel auf den Sarg gelegt, der nun ein Metronom war, riesig, aber nicht zum Aufziehen. Großvater hatte nasse Augen. Ein paar Tage lang ging der Schnauz nicht mehr hin und her.

«Aischilos, il poet, fuva inculpaus, sin fundament dad ina da sias tragedias, ch'el creigi buc en Diu, ed ei vegnius sentenziaus alla mort. Quels dad Athen fuvan sil precint dad encarpar el. Cheu ha Ameinias, siu frar giuven, aviert il manti ed ha mussau siu bratsch smuttau senza maun. Ameinias fuva sedistinguius ella battaglia sper Salamis e piars leu siu maun. Cura ch'ils derschaders han viu siu stumbel, ein els seregurdai da quei ch'el veva fatg ed han dau liber Aischilos.»

Claudius Aelianus, Historia gaglia

«Der Dichter Aischylos war auf Grund eines seiner Dramen unter der Beschuldigung der Gottlosigkeit verurteilt worden. Die Athener wollten ihn schon steinigen, da öffnete Ameinias, sein jüngerer Bruder, den Mantel und zeigte seinen Unterarm, an dem die Hand fehlte. Ameinias hatte sich bei Salamis ausgezeichnet und dabei seine Hand verloren. Als die Richter seinen traurigen Zustand sahen, gaben sie, eingedenk seiner Taten, Aischylos frei.»

Claudius Aelianus, Bunte Geschichten

Miu urat veva artau da sia mumma ina casa a Caho. Ei fuva il baghetg dretg dalla baselgia, ina gronda casa dubla cun clavaus e nuegls. Ella steva amiez il vitg sper il lanstros, purtava il segn dalla famiglia Faller e l'annada 1632. El plaunterren da quella casa ei stau ustria entochen il davos dall'emprema uiara. Cheu sesevan las schlatteinas dil vitg: Ils Beers, Berthers, Bundis, Violands, Jagmets, Cagienards, Decurtins, Wolfs, Liconis, Caplazis, Arpagaus, Fallers, Tumeras, Hetzs, Mugglis, Cajacobs, Schlansers, Genelins, Albins, Foppas e Fontanas.

Sper casa fuva in curtin. En curtin fuva in chezer tscherscher. Mintga rom savess jeu dir co el mava, con gross ch'el fuva. La plonta veva in dadens ch'ins saveva emprender d'enconuscher mo da reiver si ed ir lien. Cheu sesevan ils utschals dil vitg: Ils paslers, parfinchels, cardelins, serins, masets, merlotschas, cuacotschnas, sturnels, lodolas, hazlas, canvalins, marenas, pivets, petgaspinas, fustgets, tuorschs, sgagias, petgacocs, pitgarels, polischets, tiduns. Furmiclas mavan plein preschas dalla scorsa si, dalla scorsa giu. Ed il min fuva en venter sin in rom davos la feglia.

Sin quei tscherscher ei il tat revius treis gadas.

Mein Ururgroßvater hatte von seiner Mutter ein Haus in Caho geerbt. Es war der Bau rechts von der Kirche, ein großes Doppelhaus mit Scheunen und Ställen. Es stand mitten im Dorf an der Landstraße, trug das Zeichen der Familie Faller und die Jahrzahl 1632. Das Erdgeschoss dieses Hauses war bis gegen Ende des Ersten Weltkrieges eine Wirtschaft. Da saßen die Geschlechter des Dorfes: die Beer, Berther, Bundi, Violand, Jagmet, Cagienard, Decurtins, Wolf, Liconis, Caplazi, Arpagaus, Faller, Tumera, Hetz, Muggli, Cajacob, Schlanser, Genelin, Albin, Foppa und Fontana.

Neben dem Haus war ein Baumgarten. Im Baumgarten stand ein mächtiger Kirschbaum. Von jedem Ast könnte ich noch sagen, wie er verlief, wie dick er war. Der Baum hatte ein Innenleben, das man nur kennen lernen konnte, wenn man hinaufkletterte und sich hineinbegab. Da saßen die Vögel des Dorfes: Spatz, Buchfink, Distelfink, Meise, Amsel, Rotschwanz, Star, Lerche, Elster, Hänfling, Goldammer, Pieper, Neuntöter, Grasmücke, Drossel, Häher, Kernbeißer, Kleiber, Zaunkönig, Ringeltaube. Ameisen rannten geschäftig die Rinde hoch, die Rinde runter. Und Mieze lag auf einem Ast im dichten Laub.

Auf diesen Kirschbaum ist Großvater dreimal gestiegen.

Pieder Paul Tumera scheva da sesez ch'el seigi in Titan che vevi giu la cuida da sgular tras las arias cun l'eronav, seigi pia era in zeppelauner. Quei ch'in diplom enramaus vid la preit stiva spel barometer documentava:

> Wir Aeolus, des Hippotes Sohn,
> ein Freund der unsterblichen Götter,
> rechtmäßiger Beherrscher
> der Luft, des Wetters, der Winde und Passate,
> Monsune und Kalmen
> haben allergnädigst geruht, dem
> Staubgebornen
>
> Peter Paul Tumera
>
> an Bord des Zeppelinluftschiffes «Hindenburg»
> Erlaubnis zum luftigen Überschreiten unseres
> Aequators zu geben.
> Gegeben an Bord
> des Zeppelin L. S. «Hindenburg»
> am 14.3.36

Cu el recitava quei diplom cun vusch camegionta ed egls sbrinzlonts, fuva el in Titan rebalzun.

Pieder Paul Tumera sagte von sich selbst, er sei ein Titan, welcher das Privileg genossen habe, per Schiff durch die Lüfte zu segeln, er sei also auch ein Zappelianer. Was bezeugt wurde durch ein gerahmtes Diplom neben dem Barometer an der Stubenwand:

> Wir Aeolus, des Hippotes Sohn,
> ein Freund der unsterblichen Götter,
> rechtmäßiger Beherrscher
> der Luft, des Wetters, der Winde und Passate,
> Monsune und Kalmen
> haben allergnädigst geruht, dem
> Staubgebornen
>
> Peter Paul Tumera
>
> an Bord des Zeppelinluftschiffes «Hindenburg»
> Erlaubnis zum luftigen Überschreiten unseres
> Aequators zu geben.
> Gegeben an Bord
> des Zeppelin L. S. «Hindenburg»
> am 14.3.36

Wenn er dieses Diplom mit Donnerstimme und blitzenden Auges rezitierte, war er ein rebellierender Titan.

Dus commentaris

1

Co il tat veva commentau igl act che quels cun las mappas dad acts vevan fatg da cuminonza cul president da vischnaunca avon che tschels entscheivien a far si la casa da scola: Cheu seni ussa sco biscutins, han mess si mintgin in rir ed in helm che stat sin lur tgau sco sin ina petga fontauna, e fan cun calzers bass che la dunna ha fatg tarlischar, sco da dar l'emprema badelada, glieudetta cun detta dad apotechers, giacca da vilcleder e mappas sut bratsch, cu ei han buca da schar trer giu fotografia. Liber barabas cun pala e tschadun va ei aber pér cu quel dalla gasetta ei naven ed ils statists puspei en biro.

2

Buna notg claustra, panzava il tat, la conjunctura aulta ha siu prezi –, contemplava afuns el séz davos ord il vw, la canna agradsi denter la schanuglia, l'architectura dils vitgs dils davos onns che schulava ad el spel nas o, e scheva: Bien Diu, sche Ti lais vegnir mei in di ord la tiba, possies schar a mi il bien gust.

El seseva adina els autos davos, cun la canna. Da sia generaziun vevan mo umens pli nobels, empau tschentai, auto. Cu'l buob s'ima-

Zwei Kommentare

1

Wie Großvater den Akt kommentiert hat, den ein paar Aktenmappen-Herren zusammen mit dem Gemeindepräsidenten inszeniert hatten, bevor andere mit dem Bau des Schulhauses begannen: Da stehen sie jetzt wie die Pfifferlinge, haben alle ein Grinsen aufgesetzt und dazu einen gelben Helm, der ihnen auf dem Schädel sitzt wie auf einer Brunnensäule, und spielen einen Spatenstich vor in Halbschuhen, welche die Frau zuvor poliert hat – Bürschchen mit Apothekerfingern, Wildlederjacken und Mappen unterm Arm, wenn sie nicht gerade für ein Foto posieren. Los geht's mit Löffelbagger und Schaufel aber erst, wenn die von der Zeitung fort sind und die Halbschuh-Statisten wieder im Büro hocken.

2

Gute Nacht, sorgte sich Großvater, die Hochkonjunktur hat ihren Preis. – Aus dem Fond des VW, den Spazierstock zwischen den Knien, betrachtete er die Dorfarchitektur der letzten Jahre, die ihm an der Nase vorbeisauste, und fügte hinzu: Guter Gott, wenn du mir eines Tages den Verstand nehmen solltest, so lass mir doch wenigstens den guten Geschmack.

Er saß im Auto immer hinten, mit Stock. In seiner Generation besaßen nur gut situierte, bessere Herren ein Auto. Stellte sich der Bub Großvater am Lenkrad

ginava il tat davontier davos la roda da menar, fuva quel in da quels automobilists ch'ins ha l'impressiun ch'ei setegnien vid la roda, il frunt parallels cul paravent, il tschurvi anavos sco ord il senchel, il baditschun tut agradora si per la finiastra.

Aber il tat da ver fuva adina davos e scheva mintgaton zatgei: La veta ei buc in roman, la veta ei in magliac historias buca finidas, ni forsa schizun mo in album cun fotografias? La mort ei aber ina scatla da calzers cun en sogns da morts.

vor, war er einer jener Automobilisten mit Hut, die sich krampfhaft am Steuer festhalten, das Kinn hochgereckt, den ganzen Oberkörper in Rücklage.

Aber der reale Großvater saß stets im Fond und ließ hin und wieder eine Bemerkung fallen: Das Leben ist kein Roman, das Leben ist ein Haufen unfertiger Geschichten, oder vielleicht sogar nur ein Fotoalbum? Der Tod jedoch ist ein Schuhkarton voll Totenbildchen.

Dil temps dad Oria fagevan plunas umens prominents da poet, e zuar vevan poesias da primavera lunsch ora la preferenza. Quei vegneva lu era ora leusuenter. Oria buca maufra, il spieghel giu sil nas, metteva la gasetta sil scussal e recitava:

«En quei grau sto ins stimar la primavera: Mintg'onn fa'ls poets canzuns cun ella, e tuttina vegn ella adina puspei.»

Aber ella vegneva buc, veva il buob sefatg en, che Oria veva buca raschun. Strusch che la neiv, che mava mai siado zacu igl avrel e matg, fuva naven, fuva era gia la stad cheu.

Zu Orias Zeiten versuchten sich prominente Männer zuhauf als Dichter, und mit Abstand am beliebtesten waren Frühlingsgedichte. Dementsprechend war das Resultat. Oria, die Brille auf der Nasenspitze, ließ die Zeitung in den Schoß sinken und rezitierte:

«Das muss man dem Frühling hoch anrechnen: Jedes Jahr besingen ihn die Dichter, und trotzdem kommt er immer wieder.»

Aber er kam nicht. Der Bub hatte festgestellt, dass Oria in dieser Sache irrte. Kaum war der Schnee fort, der sich im April und Mai mit dem Verschwinden noch so schwer getan hatte, war auch schon der Sommer da.

Buob, nossa litteratura, la gronda part, vegn scretta igl unviern en stivas scaldadas memia fetg. Nuot pli grond tissi. Las pegnas scalegl mazzan la litteratura. Ella drova per nescher tgau clar e peis caulds. Ils nos scrivan cun tgaus calirai e peis freids. Ei vegness ora bia meglier, sch'ei scrivessen en combra da carn cun en scalfins. Aber gliez dat il spért buca tier, quei dils scalfins. Ed aschia stuein nus secuntentar cun ina litteratura dils brassacaultschas ni leger Muoth ni Diderot ni Gogol ni Puschkin.

Bub, unsere Literatur wird zum größten Teil im Winter in überheizten Stuben geschrieben. Es gibt kein übleres Gift. Die Specksteinöfen machen die Literatur kaputt. Literatur entsteht nur bei klarem Kopf und warmen Füßen. Unsere Autoren schreiben mit heißem Kopf und kalten Füßen. Es käme viel besser heraus, wenn sie in warmen Hausschuhen in der kühlen Vorratskammer schrieben. So aber müssen wir uns mit einer Literatur von Stubenofenhockern zufrieden geben oder Muoth lesen oder Diderot oder Gogol oder Puschkin.

Oria veva persequitau il far dalla medischina, co ella midava ora tocca sco da far in servis grond ad in auto. Co chirurgs cun en verd, cun si capetschs sco internai e teila avon nas e bucca ch'ins veseva mo pli il spieghel, prendevan ora e mettevan en cors, narunchels, dirs, saung, flad, tschurvials. Il tat raquintava dad in che chirurgs franzos vevien mess si in maun dad in che fuva sedisgraziaus, e tut funcziunava tiptop. Aber il vivent ei buca vegnius a fin cul maun dil miert. Suenter dus onns vul el puspei naven il toc jester. Ils docters han mirau sco lieurs tras la fessa da lur vel verd senza bucca e viu per l'emprema gada ella historia dalla medischina in sbagl da lur vart e detg: Nus vein eligiu il falliu pazient.

Oria hatte das Treiben der Mediziner verfolgt, wie sie Teile auswechselten, als obs bei einem Auto um den großen Service ginge. Wie Chirurgen in Grün, mit Kappen wie Sträflinge und Stoff vor Mund und Nase, sodass man nur noch die Brille sah, Herzen herausnahmen und einsetzten, Nieren, Lebern, Blut, Atem, Hirn. Großvater erzählte von einem Mann, dem französische Chirurgen die Hand eines Verunfallten angenäht hatten, und alles habe tipptopp funktioniert. Aber der Lebende sei mit der Hand des Toten nicht zurechtgekommen. Nach zwei Jahren habe er sich wieder von dem fremden Teil trennen wollen. Die Doktoren hätten wie die Karnickel aus den Sehschlitzen ihrer grünen, mundlosen Schleier geguckt und erstmals in der Geschichte der Medizin einen eigenen Fehler eingestanden und gesagt: Wir haben den falschen Patienten gewählt.

La veglia sesa spel fiug. Ils umens beiban lur pier, maglian cul cunti da sac, smuglian paun e carnpiertg, zacons tschappan la butteglia pil culiez per ch'ei sappien tener il fermagl ch'el schuli bu giu pil nas. Els beiban cun buccas pleinas, aschia ch'il pier vegn tschitschaus si in ton dil paun e la maglia survegn il gust asper, ed ella butteglia fa ei bu spema pervia dalla sunscha dalla carnpiertg sin las levzas dils umens. Il buob sesa sper la veglia sin il medem burel, ed entuorn il fiug en rin ein ils umens, discuoran dalla aura ferdalaunca, dalla lavur, co ins derscha pegns, co ins fa ir els sco ins vul. In raschuna dall'uiara, da sia famiglia ch'ei buca pli, ed igl ei trest, e tuts queschan.

Cheu intonava, remarcabel avunda, la vegliandra Oria scrottas da la canzun da sia varianta dalla amur e la mort dil Cornet Christoph Rilke, numnadamein sia fuigia dils Bolschevics cunter vest nua ch'il sulegl mava giu:

Ir, ir, ir, tras il di, tras la notg, tras il di. – Ei dat buca vals pli, buca cuolms. La via grada taglia la cuntrada e svanescha egl infinit, laguttida dil tschiel. Mintgaton ballucca ina menadira davon nus, sper nus, davos nus, fan venter (las blahas) el vent e scadeinan, gingeschan las rodas, ferradira che sgara. Adina il medem gingerlem. Las

Die Alte saß am Feuer. Die Männer tranken ihr Bier, aßen mit dem Taschenmesser, kauten Brot und Speck, fassten die Flasche am Hals und hielten den Bügelverschluss fest, damit er ihnen nicht auf die Nase fiel. Sie tranken mit vollem Mund, das Bier wurde vom Brot aufgesogen, und das Essen bekam einen säuerlichen Geschmack, und in der Flasche schäumte es nicht wegen des Fetts auf den Lippen der Männer. Der Bub saß neben der Alten auf demselben Holzklotz, und rund ums Feuer saßen die Männer, redeten vom feuchtkalten Wetter und von der Arbeit, wie man Bäume fällte und wie man es anstellte, dass sie in die gewünschte Richtung fielen. Einer erzählte vom Krieg, von seiner Familie, die nicht mehr war, und es war traurig, und alle schwiegen.

Da stimmte, erstaunlich genug, die greise Oria ein paar Fetzen ihrer Variante der Weise von Liebe und Tod des Cornets Christoph Rilke an, nämlich ihre Flucht vor den Bolschewiken gegen Westen, gegen Sonnenuntergang:

Gehen, gehen, gehen, durch den Tag, durch die Nacht, durch den Tag. – Es gibt keine Täler mehr, keine Berge. Die schnurgerade Straße durchschneidet das Land und verschwindet im Unendlichen, wie vom Himmel verschluckt. Manchmal rüttelt ein Fuhrwerk vor uns, neben uns, hinter uns her, blähen sich Blachen im Wind und knattern, kreischen Räder, knirschen Beschläge.

suschnas sper via, las bargias ein schregas, sebraccadas ella planira. Nus vesein buca quels baghetgs. Ils egls dattan ensemen, auters maletgs vegnan e van, e nus cavalchein dis en e dis en. Ed in di vegn la mar a vegnir, e nus cavalchein el lom dil sablun, egl alv dalla spema, il sbugliem dalla mar. Ils tgulis van vinavon sin la mar, e l'aua sprezza, e sprezis cavals che giheschan, che tundan, manezzan. Tochen che nus svanin staunchels da crappar, cun cavels liungs (eisi ils nos, ni las beras dils hocs?), el fuostg dil horizont, egl ault digl ocean.

«Gl'um sin la cavalla alva cun la capiala lada el dies stauscha cun det crutsch la corda sut il nuvgargatta e di: ‹Signur conte ...›»

«Il de Langenau ruchegia ella siala e di: ‹Schur conte ...›
Quel dasperas, in umenetgel zaclin, ha igl emprem tschintschau e ris treis dis. Uss sa el nuot pli. El ei sc'in affon che less durmir. Puorla stat sin siu fin culier alv da pézs; el encorscha buc ei. El vegn plaunsiu uaps en sia siala vali.

Aber il de Langenau surri e di: ‹Vus veis egls remarcabels, schur conte, segir che Vus semeglieis Vossa mumma.› Cheu sefa il zaclin aunc inagada si, fa giu la puorla a siu culier ed ei sco novs.»

Das immer gleiche Knirschen. Die Herbergen an der Straße, die Hütten schief, geduckt in die Ebene, wir sehen sie kaum. Die Augen fallen zu, andere Bilder kommen und gehen, wir reiten tagein und tagaus. Und eines Tages werden wir ans Meer gelangen, im weichen Sand reiten, im Weiß der Schaumkronen, der Gischt. Die Pferde traben aufs Meer hinaus, Wasser spritzt, die Tiere scheuen, wiehern, tänzeln, bis wir uns sterbensmüde und mit langem Haar (ist es das unsre, sind es die Mähnen der Gäule?) im aschfahlen Horizont auf hoher See verlieren.

«Der Mann auf der weißen Stute mit dem breiten Hut auf dem Rücken schiebt mit krummem Finger die Kordel von der Kehle und sagt: ‹Herr Marquis ...›»

«Der von Langenau rückt im Sattel und sagt: ‹Herr Marquis ...›
 Sein Nachbar, der kleine, feine Franzose, hat erst drei Tage lang gesprochen und gelacht. Jetzt weiß er nichts mehr. Er ist wie ein Kind, das schlafen möchte. Staub bleibt auf seinem feinen, weißen Spitzenkragen liegen; er merkt es nicht. Er wird langsam welk in seinem samtenen Sattel.

Aber der von Langenau lächelt und sagt: ‹Ihr habt seltsame Augen, Herr Marquis. Gewiss seht Ihr Eurer Mutter ähnlich.› Da blüht der Kleine noch einmal auf und stäubt seinen Kragen ab und ist wie neu.»

«Zatgi raquenta da sia mumma. In dil nord sco ei tuna. El metta giu ils plaids sco da cavigliar hartas, plaun, in suenter l'auter. Tuts teidlan. Schizun il scraccar cala. Pertgei igl ei umens che san tgei che s'auda. E tgi che sa bu la tschontscha dil nord ella roscha, quel capescha tuttenina, senta plaids singuls: ‹Abends› … ‹Klein war …›»

«Uss pren il conte la capellina giud tgau ch'ils cavels ners serasan sin las spatlas. Cheu vesa era il de Langenau: Dalunsch zatgei che tonscha ella glischur, zatgei satel, stgir …»

«Jemand erzählt von seiner Mutter. Einer aus dem Norden offenbar. Laut und langsam setzt er seine Worte. Wie ein Mädchen, das Blumen bindet, nachdenklich Blume um Blume probt und noch nicht weiß, was aus dem Ganzen wird –: so fügt er seine Worte. Zu Lust? Zu Leide? Alle lauschen. Sogar das Spucken hört auf. Denn es sind lauter Herren, die wissen, was sich gehört. Und wer die Sprache des Nordens nicht kann in dem Haufen, der versteht sie auf einmal, fühlt einzelne Worte: ‹Abends› ... ‹Klein war ...›»

«Da hebt der Marquis den Helm ab. Seine dunklen Haare sind weich, und wie er das Haupt senkt, dehnen sie sich frauenhaft auf seinem Nacken. Jetzt erkennt auch der von Langenau: Fern ragt etwas in den Glanz hinein, etwas Schlankes, Dunkles ...»

Oria tschintschava in auter lungatg cun la glieud gaglia, che tschels dil vitg numnavan ils parlers. Il buob capeva mo mintgaton in plaid. Il tat veva mess il fersachel da siu bratsch sil schui ali buob sc'in fier, vegnius datiertier che l'ureglia veva sentiu las spinas dil barbis e scutinau ils plaids stgirs, gronds: Quei ei la romontsch cotschna dils vagabunds.

Oria redete mit dem bunten Volk, das die Dorfleute Kessler nannten, in einer anderen Sprache. Der Bub verstand nur ab und an ein Wort. Der Großvater hatte dem Bub seinen Hakenarm hart auf die Schulter gelegt, hatte sich so nah zu ihm hinuntergebeugt, dass der am Ohr die Bartstoppeln fühlte, und hatte ihm die großen, dunklen Worte zugeraunt: Das ist das Rotwelsch der Vaganten.

Il tat stat cun sia narradad saluteivla pamfeli, in tschaco sin tgau, il barbis daus colur e referescha:

Zuar vevan ei satrau Oria e fatg tut sco igl ei da far. Ella fuva morta. Aber fuva ella buca pli? Ella fuva. Zatgi ch'ei stau, veva el fatg persenn, ei. Ils morts eran adina presents, e spert: Sco ch'ins clamava els ella memoria vegnevan els, umbriva da quei ch'els eran stai. Els vevan negina colur. Quels che han buc idea da morts manegian ch'ei seigien grischs ni alvs. Oria fuva orvadaglia, quei ch'jeu vess mai spitgau. Senza fazalet da tgau. Ella veva legiu plunas cudischs en sia veta. Ils cudischs vevan persequitau ella. Ussa vegneva ella neunavon e scheva da quei dad in auter continent ch'jeu capevel mo il ritmus: «Jeu dumbrel ils onns ord mias largias dils dents», tschintschava da «steilas curnadas», recitava «Sundel numnadamein in omega da tissi», raquintava d'in «turetgel trit cun ossa sprezia da marmel». Jeu hai empruau da supportar Oria, cu ella vegneva aschia. Igl ei iu mo cun star sper la butteglia e beiber vinars.

Großvater steht da in seiner ganzen Narrensicherheit, mit gefärbtem Schnurrbart, Tschakko auf dem Kopf, und referiert:

Wohl haben sie Oria begraben und alles so gemacht, wie es gemacht werden muss. Oria ist tot. Aber ist sie deswegen nicht mehr? Sie ist. Jemand, der gewesen ist, ist. Die Toten sind immer anwesend. Sowie man sie sich in Erinnerung ruft, kommen sie, Schatten dessen, was sie gewesen sind. Sie haben keine Farbe. Wer von den Toten nichts versteht, meint, sie seien grau oder weiß. Oria aber ist ein Trugbild, was ich nie erwartet hätte. Ohne Kopftuch. Sie hat in ihrem langen Leben Unmengen von Büchern gelesen. Die Bücher haben sie verfolgt. Nun ist sie zurückgekommen und murmelt etwas von einem anderen Kontinent, wovon ich nur den Rhythmus verstehe: «Ich zähle die Jahre an meinen Zahnlücken», sagt sie, spricht dann von «gehörnten Sternen», rezitiert «Ich bin ein giftiges Omega», erzählt von einem «schäbigen Stierlein mit spröden Marmorknochen». Ich bemühe mich, Oria zu ertragen, wenn sie mir so kommt. Es geht nur mit der Flasche, mit Schnaps.

Oria vegneva digl Orient.

1920, fuva la menschevica fugida tras las tendunas uauls davos Smolensk, vegnida en quei marcau, ida vinavon, cul resti si dies e schiglioc nuot, sin quella ruta che plunas schuldada fuva passada. Ella era vegnida egl occident, ella direcziun dils lufs e dalla Gronda armada, cura che quella veva buca pli il sulegl d'Austerlitz ella totona.

Oria stammte aus dem Osten.

1920 war die Menschewikin durch die riesigen Wälder hinter Smolensk geflohen, war in jene Stadt gekommen, war weitergegangen, mit nichts als einem Kleiderbündel auf dem Rücken, auf jener Route, welche Abertausende von Soldaten eingeschlagen hatten. Sie war in den Westen gekommen, hatte die Richtung der Wölfe und der *Grande Armée* eingeschlagen, als diese nicht mehr die Sonne von Austerlitz im Genick hatte.

Cu'l min turnava la damaun da sias turas vegneva el adina filau suenter il mir dalla casa en. Il tat zambergiava, targeva grad sil mir dil parsiel guotas veglias ch'el haveva svidau ord ina scatla da conservas medemamein empau da ruina. Il min steva adina eri, mirava mintga ga stuius sil tat, il tat scheva si siu spruh, il min mirava. Finius il verset, filava il min spert sper il tat vi, la cua tut agradsi.

Wenn Mieze morgens von ihren Streifzügen heimkehrte, huschte sie stets der Hauswand entlang. Dort hantierte Großvater, klopfte auf dem Fenstersims alte Nägel gerade, die er aus einer alten, ebenfalls ein wenig rostigen Konservenbüchse geleert hatte. Jedes Mal blieb Mieze stehen, guckte Großvater verdutzt an, Großvater sagte seinen Vers her, Mieze guckte. Wenn der Vers zu Ende war, schnurrte Mieze mit kerzengeradem Schwanz an Großvater vorbei.

Il tat reiva per l'emprema gada sil tscherscher:

Il maun ei la carstgaunadad en siu svilup. Ord la tappa liunga che tschappa, vegn plaun a plaun in maun che fuorma. L'activitad dil maun va tras la historia humana e tras la veta dil singul. Il maun palpa, senta, carsina, enconuscha, distingua, decida, capescha, muossa, tschontscha, tschappa, mazza, lavura, fuorma, scaffescha. Il maun ha scaffiu civilisaziun e cultura. Cul maun ha Einstein scrivlau $E=mc^2$. La mongia da Stalin ha furschau entirs pievels ord la carta. Il maun ord la preit ha liquidau Belsazar. Cul maun ha Diogenes tratg panaglia ella academia cu el ha udiu il grond Aristoteles: «Il maun ei buca en mintga esser ina part dil carstgaun, mobein mo sch'el sa far sia lavur, e perquei mo sch'el ei animaus; sch'el ei buc animaus, eis el buc ina part.»

Vus sgarmai aber interessescha mo la grefla da Pieder Paul Tumera!

Großvater klettert zum ersten Mal auf den Kirschbaum:
Die Hand ist die Menschheit in ihrer Entwicklung. Aus der langen, zupackenden Pfote wird nach und nach eine formende Hand. Die Tätigkeit der Hand durchzieht die Geschichte der Menschheit und das Leben des Individuums. Die Hand tastet, spürt, liebkost, erkennt, unterscheidet, entscheidet, versteht, zeigt, spricht, packt, tötet, arbeitet, formt, erschafft. Die Hand hat Zivilisation und Kultur geschaffen. Von Hand hat Einstein $E=mc^2$ hingekritzelt. Stalins Ärmel hat ganze Völker von der Landkarte gewischt. Die Hand an der Wand hat Belsazar liquidiert. Mit der Hand hat Diogenes in der Akademie sich selbst befriedigt, als er den großen Aristoteles hörte: «Die Hand ist nicht in jedem Sinne ein Glied des Menschen, sondern sie ist es nur, sofern sie als beseelt ihr Werk zu verrichten vermag; ist sie unbeseelt, so ist sie auch kein Glied mehr.»

Euch Wichte aber interessiert nur die Kralle des Pieder Paul Tumera!

«Tut cuoza in di, quels che laudan cheu e quels che vegnan ludai cheu.»
 Marc Aurel

«Alles dauert einen Tag, die da rühmen und die da gerühmt werden.»
Marc Aurel

Il tat reiva per la secunda gada sil tscherscher:

Tgi sa da Regett Safoya, possessur dalla Valtenigia e dall'alp Naustgel, eligius 1470 cau dalla Ligia Grischa, staus suenter aunc treis ga landrechter ed il medem temps aunc mistral dalla Casa da Diu, dil qual sia arma fuva in péz ner che paradava sin funs d'argien cun lien ina steila argentada da sis radis, accumpignada da duas steilas neras? Eis el buca staus pli che trenta onns activs ella politica dalla tiara, honoraus culs pli aults uffecis, enconuschents lunsch suls cunfins ora, nominaus pliras gadas sco derschader en tribunals extraordinaris, ensemen cun ils pli enconuschents umens dallas Treis Ligias?

Tgi sa dils Maissens dalla casa digl um fier? Per exempel da Gilli Maissen il vegl, hoptman, inderschader dalla Ligia sura ed inquisitur cura ch'ei han fatg tschintschar capitani Gory Schmid, suenter ch'el fuva vegnius tgerlentaus la sisavla gada, tenor protocol: «Item samstag am morgen frü hat man in ain mal uff gezogen. Du hat er sprochen ....». Gilli Maissen, mistral, cauderschader dalla Ligia, partisan e pensiunari franzos, capitani general e guvernatur dalla Valtlina, rehuner, che duei ver cumadau la schliata cunscienzia ch'ils da Laax vevan da surdar Johann de Planta, segner da Razén, alla dertgira nauscha da Cuera, instradada il mars ed avrel 1572, culs plaids da Caifas: «Igl ei meglier ch'in um pireschi che da schar ir a frusta in entir pievel.»

Großvater klettert zum zweiten Mal auf den Kirschbaum:

Wer weiß von Regett Safoya, Eigentümer von Valtenigia und Alp Naustgel, 1470 zum Haupt des Grauen Bundes gewählt, später noch dreimal Landrichter und gleichzeitig Landammann der Cadi, dessen Wappen eine schwarze Spitze auf silbernem Grund war mit einem sechsstrahligen silbernen Stern, begleitet von zwei sechsstrahligen schwarzen Sternen? Ist er nicht mehr als dreißig Jahre in der Landespolitik aktiv gewesen, mit den höchsten Ämtern beehrt, weit über die Grenzen hinaus bekannt, verschiedentlich in Sondergerichte delegiert zusammen mit den bekanntesten Männern der Drei Bünde?

Wer weiß von den Maissen aus dem Haus mit dem Eisernen Mann? Von Gilli Maissen dem Älteren zum Beispiel, Hauptmann, Richter des Oberen Bundes und Inquisitor, als sie Hauptmann Gory Schmid zum Sprechen brachten, nachdem er zum sechsten Mal auf die Folter gespannt worden war, laut Protokoll: «Item samstag am morgen frü hat man in ain mal uff gezogen. Du hat er sprochen …». Gilli Maissen, Landammann, französischer Parteigänger und Pensionsempfänger, Landeshauptmann im Veltlin, ein Geldsack, der mit den Worten des Kaiphas das schlechte Gewissen der Laaxer beruhigte, nachdem diese dem Churer Strafgericht vom März und April 1572 den Johann von Planta, Herrn zu Rhäzüns, ausgeliefert hatten: «Es ist besser, dass ein Mann verderbe, als dass ein ganzes Volk zugrunde gehe.»

Sa zatgi da Pieder Bundi che veva sco arma in scut fendius tschun gadas da ner ed argien cun travers capital dorau e sin la capellina la crusch dubla sin piedestal ner, la quala schai zanua a manez sin in camp da battaglia franzos, prefect claustral, mistral dalla Cadi, cau dalla Ligia Grischa e podestat da Trahona en Valtlina, caminaus 1570 egl uffeci da cauligia sul Lucmagn cugl avat Cristian de Castelberg per s'entupar a Biasca cul cardinal Carli Borromeo ch'ei han detg ell'ura da historia ch'el seigi staus in grond, perquei che schiglioc fussien nus forsa reformai?

Tgei ei restau da Nicolaus Maissen, auter ch'in verset isau ord ina cumedia, perquei ch'el va en rema: «Stai bein, Cadi!/Clau Maissen sto fugir», auter ch'in relief da Flurin Isenring en bronz che oxidescha ch'ei va sbabas dil mir giu nua che la tabla ei si, ed auter ch'ina plachetta sc'in da tschun francs, vendida per il treitschienavel onn da sia mort al pievel, cun si il tribun sittaus giu 1678 dadens Cuera, ch'igl Ernest Maissen porta aunc adina ella ruosna sisum dil nuv dil tschiep, tratga da tschels suenter la fiasta en in sadlut da stuors cun l'imitaziun da schumber che haveva en baslerlecherlis, ussa aber muneida cotschna, stitgettas, fermagls e guotas da biro, in pupi da sugus schmugliau, gummis, lastics, strubas, muotras, guvas, guotas, guilas, miulas, rintgas, gleis, rins d'uhangs, darschuns, gavuns, agraffas, tocca da minas da ri-

Weiß jemand von Pieder Bundi, dessen Wappen in Schwarz zwei silberne Pfähle zeigte, ein goldenes Schildhaupt und auf dem Helm mit schwarz-goldenem Wulst ein schwarzes Patriarchenkreuz, das kurz und klein geschlagen auf irgend einem französischen Schlachtfeld liegt? Er war Landammann der Cadi, Haupt des Grauen Bundes und Podestat von Traona im Veltlin, ist 1570 in seiner Eigenschaft als Bundeshauptmann zusammen mit Abt Christian von Castelberg über den Lukmanier geeilt, um in Biasca den Kardinal Carlo Borromeo zu treffen, von dem es in der Geschichtsstunde hieß, er sei ein ganz Großer gewesen, weil wir ohne ihn vielleicht reformiert wären?

Was ist von Nicolaus Maissen geblieben außer zwei abgenutzten Zeilen aus einer Komödie, erinnert um des Reimes willen: *Stai bein, Cadi!/Clau Maissen sto fugir,* was weiter als ein Bronzerelief, das an einer Gedenktafel vor sich hin oxydiert? Was ist noch vorhanden nebst einer fünflibergroßen Plakette, den Leuten zu seinem dreihundertsten Todesjahr verkauft, mit dem Kopf des 1678 vor den Toren Churs erschossenen Tribuns vorne drauf, fürs Knopfloch am Kittel gedacht, von Ernest Maissen bis heute getragen, von allen andern nach dem Fest in einer Blechdose versorgt, die wie eine Trommel aussieht und als Verpackung für Basler Leckerli gedient hat, nun aber Kupfermünzen, Reißnägel, Haarnadeln, Büroklammern, Radiergummis, Schrauben, Gummibänder, Muttern, Steck- und Nähnadeln, ein zerknülltes Suguspapier, Vorhangringe, Dübel, Heftklammern, Agraffen,

spials, maschinas da far péz, onzas per hartas, imbus, pérs da taschlampa, strubaziars pigns per mirar sch'ei seigi electrisch ed autra riztga?

Tgi ha aunc tema da bannaherr Cajacob da Sumvitg, exponent dalla politica ed economia sursilvana, la sgarschur dil pur cu el cumpareva, corrects, punctuals, vischnaunca per vischnaunca e mudergiava en ses tscheins e tscheins dils tscheins, per exempel en Tujetsch, nua ch'el steva otg dis en casa da scarvon Lucas Cavegn, tochen ch'el veva tratg giu da puranchel per puranchel ils pinchis bluts che fagevan en siu sac pigns ad in far?

Nua ein las dunnas da quels honors dalla Cadi cheu rimnai en in tschupi? Ha la historia emblidau ellas? Ni cuschinavan ils podestats forsa sez lur bistecca? E tgi targeva si lur figlialonza per che lur noblas schlatteinas restien da perpeten en perpeten?

zerbrochene Bleistiftminen, Bleistiftspitzer, Bilderhaken, Imbus-Schlüssel, Taschenlampenglühbirnchen, einen Phasenprüfer und weiteren Krimskrams enthält?

Wer fürchtet sich noch vor Bannerherr Cajacob von Sumvitg, Leitfigur der surselvischen Politik und Wirtschaft, Schreck aller Bauern, wenn er alljährlich auftauchte, korrekt, pünktlich, um ohne Nachsicht und Erbarmen Dorf für Dorf seine Zinsen und Zinseszinsen einzutreiben, zum Beispiel in Tujetsch, wo er acht Tage im Haus von Schreiber Lucas Cavegn logierte, bis er auch dem hintersten Bäuerlein die letzten Pimperlinge abgenommen hatte, die sich dann in seiner Tasche vermehrten, dass es eine Art hatte?

Und wo sind die Frauen dieser reihum versammelten Würdenträger der Cadi? Hat die Geschichte sie vergessen? Oder haben all die Podestaten ihre Schnitzel selbst gebraten? Und wer hat ihre ganze Nachkommenschaft großgezogen, auf dass die noblen Geschlechter Bestand haben würden von Ewigkeit zu Ewigkeit?

Il tat reiva la davosa gada sil tscherscher, cun si in rir sco sch'el vesess in bulzani, setratgs en dad aunghel che vegn a Babilon el resti da penderliu cun ina liunga barba cotschna:

Ei il tschiel aschi aults che mes giavels contonschan buca el? Eis el aschi lunsch che jeu sai buca odiar el? Pli pussents che mia voluntad? Pli majestus che miu spért? Pli stinaus che mia curascha? Jeu vi catschar vus bulzanials en ina zona e baghegiar en vies miez ina tuor, che va atras las neblas, traversond l'immensitad, permiez la cardientscha da ti Blau.

Babel, tschocs e sblatgs, sballuna cun sias tuors orda glas ed itschal, che sefultschan ad ault senza cal, encunter alla cupitgada; ed avon nus, davos il stemprau, che nus percurrin, persequitai da cavaliars da scapulors, bumbardai cun maluns, sfullanond tras il sablun, setaccond vid fassadas, cun fatscha barschada, schai da lunsch in niev continent, che vegn ord il far dis, fimond egl argien dalla glisch.

Großvater klettert zum dritten Mal auf den Kirschbaum. Er lacht, als ob er einen dampfenden Teller Tatsch vor sich hätte, ist kostümiert als Engel, der nach Babylon kommt, zerlumpt, mit einem langen, roten Bart:

Ist der Himmel so hoch, dass meine Flüche ihn nicht erreichen? Ist er so weit, dass ich ihn nicht hassen kann? Mächtiger denn mein Wille? Erhabener denn mein Geist? Trotziger denn mein Mut? Ich will euch Tatschfresser in einen Pferch zusammentreiben und in eurer Mitte einen Turm errichten, der die Wolken durchfährt, durchmessend die Unendlichkeit, mitten durch dein Herz, Onkel Blau.

Babylon, blind und fahl, zerfällt mit seinen Türmen aus Glas und Stahl, die sich unaufhaltsam in die Höhe schieben, dem Sturz entgegen; und vor uns, hinter dem Sturm, den wir durcheilen, verfolgt von Rittern vom Heiligen Grab, beschossen mit Maluns, stampfend durch Sand, klebend an Fassaden, verbrannten Gesichts, liegt fern ein neues Land, tauchend aus der Dämmerung, dampfend im Silber des Lichts.

Il buob veva talent. Talent ei stupent, scheva il tat, stupent e bi, e bi ei, scheva il buob s'avanzaus denton el gimnasi, «was ohne Interesse wohlgefällt». Avon ch'il tat vegneva da dispitar sur da quella construcziun tudestga, deva la tatta gia denteren e scheva cun fatscha rigurusa: Tschontscha bu tup, lali. Ella scheva quei senza enzenna d'exclamaziun. Ei fuva zatgei ch'ella scheva savens. La discussiun fuva finida. Nus eran cheu en in cert matriarcat che la tatta marcava – zac – cun quater tschun construcziuns cuortas da standard. En siu revier veva la tatta l'autoritad absoluta: en cuschina, giun nuegl nua ch'ella veva ses pors, en iert – quei fuva in curtin teiss entadem il vitg cun seiv entuorn entuorn. Giudem fuvan l'entira lunghezia caglias da puaunas, ellas qualas ins saveva far da sezuppar, lu fuva ei prau cun treis plontas ina sper l'autra, la gronda encunter damaun, in viezler cun tschereschas ch'ins veseva bunamein atras, enamiez fuva ina plonta d'apricosas ed encunter sera ina da plogas. Quellas domisduas bia pli pintgas. Sul tscherscher dalla plaunca si fuvan ils truffels cotschens in pèr retschas ed ils mellens in pèr retschas. Igl iert fuva sisum el cantun encunter sera. El veva en tschugagliuns, rabarbra, in'èra gelgias.

Der Bub hatte Talent. Talent ist stupend, sagte Großvater, stupend und schön. Und schön ist, sagte der Bub, der inzwischen ans Gymnasium vorgerückt war, «was ohne Interesse wohlgefällt». Noch bevor Großvater über diesen Satz hätte diskutieren können, fuhr Großmutter dazwischen und sagte streng: Lali, schwatz kein dummes Zeug. Sie sagte das ohne Ausrufzeichen. Es war etwas, was sie häufig sagte. Die Diskussion war damit abgeschlossen. Wir hatten hier eine Art Matriarchat, welches von Großmutter – zack – mit vier, fünf kurzen Standardsätzen markiert wurde. In ihrem Reich hatte Großmutter die absolute Autorität: in der Küche, drunten im Stall, wo sie ihre Schweine hatte, im Garten – einem steilen, rundum eingezäunten Stück Land am Dorfrand. Zuunterst standen dort auf der ganzen Länge Himbeersträucher, in denen man Verstecken spielen konnte. Dann kam eine Wiese mit drei nebeneinander stehenden Bäumen, der größte gegen Osten, ein Weichselkirschenbaum mit Früchten, durch die man fast hätte hindurchschauen können. In der Mitte stand ein Aprikosenbaum und gegen Westen ein Pflaumenbaum, beide viel kleiner. Überm Kirschbaum den Hang hinauf ein paar Zeilen rote und ein paar Zeilen gelbe Kartoffeln. Der eigentliche Garten war in der obersten westlichen Ecke. Da gab es Schnittlauch, Rhabarber, ein Beet mit Lilien.

Cu Pieder Paul Tumera prendeva siu tschiep
giu dil lenn cun maliau si in tschut e scret sutvi
Tuchfabrik Truns, sestellegiava en las mongias,
alzava, cura che quei fuva gartegiau, la schuiala,
fageva dies ault e deva ina zaccudida per ch'il
bategl sesi, raquintava el quei cullas cassaccas.
Historias ch'el cumbinava aschia ch'ellas demo-
nisavan el. Tgi che veva giu en cu, nua, tgei cas-
sacca da tgi, e sch'el veva giu si capiala ni buc, e
tgeinina. – Lidischen, scheva el, las historias dil
resti dian tut dalla persuna e massa dil co e cum
da quella e da sia situaziun:

    Moscau, Pastgas 1830.
    Puschkin arriva tut alla bahuta
    en casa da madame Gontscharowa,
    cun la speronza
    da finalmein survegnir ina da sias feglias.
    Lindau, fenadur 1873.
    Muoth arriva cul tren che buffa
    per s'entupar cun president Capeder,
    cun la speronza
    da finalmein survegnir ina da sias plazzas.
    Domisdus vevan en cassaccas empristadas.
    Domisdus eran entuorn trenta.
    Tgei capiala ch'ei vevan si di la tradiziun buc.
    In ei vegnius sittaus giu, quei che ha
    favorisau la naschientscha da sia fama.
    L'auter ei morts normals, quei ch'ei

Wenn Pieder Paul Tumera seinen Kittel vom Kleiderbügel nahm, auf dem ein Lamm zu sehen war und die Inschrift *Tuchfabrik Truns,* wenn er sich in die Ärmel mühte und, nachdem er dies geschafft hatte, die Achseln hob, einen Buckel machte und sich einen Ruck gab, damit der Schwengel sitze – dann pflegte er Frack-Geschichten zu erzählen. Geschichten, die er sich so zurechtlegte, dass sie sich seiner bemächtigten. Wer wann wo wessen Frack angehabt hatte, und ob mit oder ohne Hut, und wenn mit, mit was für einem. – Potztausend, sagte er, die Kleidergeschichten sagen alles über eine Person, und eine Menge über ihr Drum und Dran und ihre Situation:

Moskau, Ostern 1830.
Puschkin betritt atemlos
das Haus von Madame Gontscharowa,
in der Hoffnung,
endlich eine ihrer Töchter zu bekommen.
Lindau, Juli 1873.
Muoth kommt im keuchenden Zug,
um sich mit dem Präsidenten Capeder zu treffen
in der Hoffnung,
endlich eine seiner Stellen zu bekommen.
Beide trugen geliehene Fräcke.
Beide waren um die Dreißig.
Ihre Hüte erwähnt die Überlieferung nicht.
Einer wurde erschossen,
was seinem Ruhm förderlich war.
Der andere ist normal gestorben, was

era buca stau da donn per sia fama.
Domisdus ein daventai poets naziunals.

Ni:

«S. Helena, Nossadunna d'uost 1817.
Napoleon cumpara per siu curontotgavel natalezi el ravugl da quels ch'ein entuorn el en ina veglia mondura verda ch'el veva schau volver per ch'ins vesi buca con isada ch'ella seigi. Gnanc per quella occasiun veva el mess si pli sia capiala. En sia scaffa da resti pendeva aunc il vestgiu digl emprem consul, la mondura blaua dalla battaglia da Marengo ed ina cassacca grischa.»

Cu Pieder Paul Tumera fuva buca pli che prendeva siu tschiep giu dil lenn, eis el aunc pendius vid la garderoba, malsegideivels, bandunaus. Jeu hai fatg persenn lu la dimensiun tragica da tschops, monduras e cassacs. Era co las caussas midan lur esser, separadas per adina da lur possessur.
In di fuva leu mo il lenn.

seinem Ruhm auch nicht geschadet hat.
Beide sind Nationaldichter geworden.

Oder:

«St. Helena, Mariä Himmelfahrt 1817.
Napoleon zeigt sich an seinem achtundvierzigsten Geburtstag seiner Entourage in einer alten, grünen Uniform, deren Stoff er hat wenden lassen, damit man nicht sieht, wie abgetragen sie ist. Den Hut hat er nicht einmal mehr zu diesem Anlass aufgesetzt. In seinem Kleiderschrank hangen noch der Anzug des ersten Konsuls, die blaue Uniform aus der Schlacht von Marengo und ein grauer Frack.»

Als Pieder Paul Tumera seinen Kittel nicht mehr vom Bügel nahm, hing dieser weiter an der Garderobe, hilflos, verlassen. Ich wurde damals auf die tragische Dimension von Kitteln, Uniformen und Fräcken aufmerksam. Und sah, wie die Dinge ihr Wesen verändern, wenn sich ihr Besitzer für immer von ihnen getrennt hat.
Eines Tages war nur noch der Bügel da.

Has ti bia, lu vegns ti prest
Aunc a survegnir dapli.
Tgi ch'ha pauc, a quel il rest
Vegn aunc priu naven in di.
Has ti aber lidinuot,
Ah, lu lai satrare tei,
Pertgei dretg da viver, lump,
Han mo quels che han zatgei.

Da quella strofa fuva il tat specialmein loschs. Veva negin auter che Heine translatau ella en tudestg che negin carstgaun veva sefatg en:

«Hat man viel, so wird man bald
Noch viel mehr dazu bekommen.
Wer nur wenig hat, dem wird
Auch das wenige genommen.

Wenn du aber gar nichts hast,
Ach, so lasse dich begraben –
Denn ein Recht zum Leben, Lump,
Haben nur, die etwas haben.»

Has ti bia, lu vegns ti prest
Aunc a survegnir dapli.
Tgi ch'ha pauc, a quel il rest
Vegn aunc priu naven in di.
Has ti aber lidinuot,
Ah, lu lai satrare tei,
Pertgei dretg da viver, lump,
Han mo quels che han zatgei.

Auf diese Strophe war Großvater besonders stolz. Hatte doch kein anderer als Heine sie ins Deutsche übertragen, und kein Mensch hatte etwas gemerkt:

«Hat man viel, so wird man bald
Noch viel mehr dazu bekommen.
Wer nur wenig hat, dem wird
Auch das wenige genommen.

Wenn du aber gar nichts hast,
Ach, so lasse dich begraben –
Denn ein Recht zum Leben, Lump,
Haben nur, die etwas haben.»

«1620. Natum est monstrum in Arpagaus, 26. mensis Novembris et fuerunt ambae femellae habentes duo capita, quattuor brachia, quattuor pedes; una viva apparuit et baptyzata; altera vera mortua nata.

1620. Naschiu in monster ad Arpagaus, ils 26 da november, ed ei fuva duas schumellinas, havevan dus tgaus, quater bratscha e quater peis. Ina era viva ed ei vegnida battegiada, l'autra era morta.»

Urbari da baselgia, Breil

«1620. Natum est monstrum in Arpagaus, 26. mensis Novembris et fuerunt ambae femellae habentes duo capita, quattuor brachia, quattuor pedes; una viva apparuit et baptyzata; altera vera mortua nata.

1620. Geboren ein Monster in Arpagaus, den 26. November, und es waren weibliche Zwillinge, hatten zwei Köpfe, vier Arme und vier Beine. Eine lebte und wurde getauft, die andere kam tot zur Welt.»

Kirchenbuch Breil/Brigels

«Tgei vala tia bratscha?
Quell'ei sco nauscha stratscha.»

Pieder Paul Tumera seseva sc'in sgarflau avon il clavazin cun siu bratsch da fier, ed jeu scuvrevel «conta estetica che saveva esser ella sgarschur ed ella disharmonia cu el menava mei els spazis perfetgs dalla disciplina: la vehemenza anetga sin la tastatura dil clavazin, siu culiez stendiu, daus cleri, l'absenza da sia egliada monstrusa, incantada dalla perfecziun e malengrazieivla en fatscha alla miseria humana»:

El tinglava in concert «Für die linke Hand allein», cumponius sin mesira per in pianist dall'uiara sco el. Tuttenina, suenter l'emprema part, ina sgnuflada vi el jazz, lu baghegiava el viaden passaschas che tunavan sco musica spagnola, semidava en in Don Ramón del Valle-Inclán. Tgei ch'el saveva, mussava el aber, cu el scadenava la ‹Cadenza›, urlond els fegls dalla partitura ch'el saveva buca volver, ils plaids da Ravel: «Ils interprets ein sclavs.» Sin quei che Oria fageva: Ils interprets ein lufs!

E daveras jeu vesevel il tgautgaun era en sia fatscha, e l'entira tragedia da siu scheni, che stueva baul ni tard ir empaglia en quei sgarscheivel desiert e bucca da luf dil mund entuorn el.

E las scalas lingieras dils tuns da cristagl menavan mei en tschei mund, ed jeu vesevel el veider dall'ala dil clavazin in maletg a sbuccar sur mei en:

«Was taugt dein Arm, was deine Glieder?
Sie hangen windelweich hernieder.»

Pieder Paul Tumera sass mit seinem Eisenarm wie ein Besessener am Flügel, und ich entdeckte, «wie viel Schönheit im Grauen und in der Disharmonie liegen kann, wenn er mich in die perfekten Räume der Disziplin führt: die jähe Gewalt auf den Tasten, der gereckte Hals, die blicklosen Augen, verzückt in der Perfektion und gleichgültig gegenüber dem menschlichen Elend.»

Er hämmerte ein Konzert «Für die linke Hand allein», einem Kriegspianisten wie ihm auf den Leib geschrieben. Plötzlich, nach dem ersten Satz, ein Schlenker in den Jazz hinüber, dann wieder baute er Passagen ein, die wie spanische Musik klangen, verwandelte sich in einen Don Ramón del Valle-Inclán. Sein Letztes aber gab er, als er die «Cadenza» hinfegte und in die Seiten der Partitur, die er nicht umblättern konnte, die Worte Ravels brüllte: «Interpreten sind Sklaven.» Worauf Oria entgegnete: Interpreten sind Wölfe!

Und in der Tat: Ich sah das Wölfische auch in seinem Gesicht, und die ganze Tragik seines Genies, das früher oder später zugrunde gehen musste in dieser furchtbar kalten, unwirtlichen Wüste, die die Welt um ihn war.

Aber die flinken Läufe der kristallenen Töne entführten mich bald wieder, und gespiegelt im Flügel schaute ich ein Bild, das mich verschlang:

La martga triumfala dallas amurs da nossa sippa,
Annunziada dil tat culs cavels agradsi,
Semidaus en in um selvadi pelegnus cun barbis da giat.
Las spatlas sc'in tier e cun domidua bratscha
Ch'el mussava cun luschezia.
Bratscha che sbuccava en mauns da schemia.
Enamiez il siemi cavalcava la dunna Oria plein veta e
carn,
Vestgida sulettamein cun in cilender stravagau.
Seseva sin in turetgel tgietschen cun cornadira d'aur.
Sia colossala natira feminina
Fageva zaunga entuorn il tgierp dil tieret.
Ella teneva ils seins pleins culs mauns,
Ils cavadials fuvan stagns per schar tezzar schumellins.
Ed orda sia schuiala carscheva dretg e seniester
L'utschala da rapina cun tgau dubel.
Ferdavel la pelegna dad Oria che semischedava
Ella pelegna dil spitg musch dil dies dil taur.
Fuva suandada dil bov neraglia
Che megieva encunter tschiel,
La lieunga ensi, sbattend sco alas ils corns,
Ed a cavagl cavilgiai in en l'auter miu bab, mia mumma,
– Denteren il bov –
Suenter ch'ei vevan fatg mei senza gronda perschuasiun,
Il member che vegneva gia pass.
La cua digl animal sc'ina grefla lungauna
Che cloma encunter il tschiel che fuva negliu,
Encunter il temps che fuva snuaus.
Quella rateina galoppava sin colonnas da plaids e bustabs

Den Triumphmarsch und Liebesreigen unserer Sippe,
verkündet vom Großvater mit gesträubtem Haar,
verwandelt in einen zottigen, wilden Mann mit
        Katzenschnurrbart.
Schultern wie ein Ochse und zwei Arme mit
        Affenhänden,
die er herzeigte voller Stolz.
Und mitten im Traum ritt Donna Oria voller Leben
        und Fleisch,
bekleidet bloß mit einem mächtigen Zylinder.
Ritt auf einem roten Stierlein mit goldenen Hörnern.
Der Leib des Tierchens wie mit einer Zange umschlossen
von ihrer kolossalen Weiblichkeit.
Sie hielt ihre prallen Brüste, die Warzen steif, zum
        Säugen von Zwillingen bereit.
Und rechts und links aus ihren Schultern wuchs
der Raubvogel mit dem doppelten Kopf.
Ich roch Orias Vlies, das sich vermischte
mit dem Fell auf des Stierchens feuchtem Rist.
Folgte der pechschwarze Ochse, brüllend gen Himmel.
Die Zunge gereckt, die Hörner schlagend wie Flügel.
Auf einem Pferd, eng umschlungen mein Vater, meine
        Mutter
– dazwischen der Ochse –,
nachdem sie mich gezeugt hatten ohne große
        Überzeugung,
das Glied schon erschlaffend.
Der Schwanz des Tieres wie eine längliche Kralle,
die zum Himmel schreit,

E punachels e crutschs e cuas sturschidas
E segns che tut entscheveva da leger
Aber che negin vegneva a fin.
Ed il davos dils puhachens
Trottav' ina cavazza da morts che rieva,
Ina totona da canoni
Ed il fastitg dil det
D'in dragun.

welcher nirgendwo war, gegen die entfesselte Zeit.
Diese Brut galoppierte daher auf Kolonnen von
Wörtern und Buchstaben
und Krakeln und Haken und gewundenen
Schwänzen
und Zeichen, die alles beschaute
und niemand zu Ende las.
Am Schluss des Gekrakels
trotteten ein lachender Totenschädel,
der Nacken eines Kanonikus
und der Abdruck vom Finger
eines Drachens.

Il Turengia stat matutins en pistregn siper la vanaun da far cuer truffels pils pors e coi ora calzers veders. Truscha la suppa melna cun ina palutta da lenn cun scret si Persil. Dat, sco i po vertir, roma da porta-fueina en. Legia denteren ord l'autobiografia da Flavius Josephus. Cura ch'ei buglia che quel dallas vanauns ha fiera, fa el ir mintgamai ina pagina e tila ella broda in calzer dapli da ses antenats. Catscha la calzeraglia siado il nas, dat el giuaden ina cun la palutta da Persil. Sia fatscha suentada tarlischa ella calira dil tschamien.

«Publicond el fimien mia genealogia, sco jeu hai anflau ella en la calzeramenta, mir' jeu cun disprez giu sin quels, che vulan disfamar mei.»

Turengia steht frühmorgens im Waschhaus neben dem Kessel, in dem die Kartoffeln für die Schweine gekocht werden, und siedet alte Schuhe aus. Rührt die gelbe Suppe mit einer großen Holzkelle, auf welcher «Persil» geschrieben steht. Legt nach Bedarf Brennholz nach. Liest zwischendurch in der Vita des Flavius Josephus. Immer wenn es richtig höllisch aufwallt, blättert er eine Seite um und schmeißt einen weiteren Schuh seiner Vorfahren in die Brühe. Will das Schuhzeug die Nase aus dem Kessel strecken, kriegt es eins mit der Persil-Kelle. Sein verschwitztes Gesicht glänzt im heißen Dampf.

«Ich verkünde im wallenden Dampf meine Genealogie, so wie ich sie in Stiefeln und Pantoffeln vorgefunden habe, und schaue voll Verachtung auf jene, die mich zu diffamieren trachten.»

Il Turengia sesa vespertins sil crest spel fiug dils aults e brischa calzers vegls. Tila viaden lenna da pegna e cazzinam, che las lieungas petgan siado el stgir, cudezza las flommas cul maun seniester cun sia fuortga pegna. Legia denteren ord l'autobiografia da Flavius Josephus. Cura ch'ei arda sco da barsar giavels, fa el mintgamai ir vidaneu il schnuz e tila el fiug in calzer dapli da ses antenats. Sia fatscha sclarescha ella glischur sco quella dils affons che van giu tral vitg el til cun bandierettas e lampiuns. La fuganera pren da temps en temps suramaun.

– Publicond el tuffien mia genealogia, sco jeu hai anflau ella en la calzeraglia, prend jeu pil cavez quels che vulan enramar mei.

Turengia sitzt spätabends auf dem Hügel am Höhenfeuer und verbrennt alte Schuhe. Wirft Scheiter und Reisig hinein, bis die Zungen im Dunkeln hochschießen, neckt die Flammen mit seinem Schürhaken. Liest zwischendurch in der Vita des Flavius Josephus. Wenn es lodert, dass man Teufel braten könnte, bewegt er den Schnauz hin und her und wirft einen weiteren Schuh seiner Vorfahren ins Feuer. Sein Gesicht leuchtet im Widerschein wie das eines Kindes, das im Umzug mit Fähnchen und Lampion durchs Dorf geht. Qualm und Gestank nehmen von Zeit zu Zeit überhand.

– Ich verkünde im Gestank meine Genealogie, so wie ich sie in Latschen und Galoschen vorgefunden habe, und packe jene an der Gurgel, die mich normieren wollen.

Il tat stat cun chezra preschientscha el sulegl dalla damaun e di senza batter ina gada ils egls:

>Il marti da miradurs ei in tomahawk
>il flumer ei in cavagl che ti tschappas davontier ella bera
>jeu sun Old Shatterhand
>ti eis Winnetou
>Maribarla cullas terscholas ei ina squaw
>la tenda en curtin digl Johann ei in wigwam
>il bless dil Gion Gieri ei in cojot
>ed il min ei in panter
>
>hug!

Großvater steht mit hinreißender Präsenz in der Morgensonne und sagt, ohne mit der Wimper zu zucken:

> Der Maurerhammer ist ein Tomahawk,
> der Flaumer ist ein Pferd,
> das du vorne an der Mähne packst,
> ich bin Old Shatterhand,
> du bist Winnetou,
> Maribarla mit den Zöpfen ist eine Squaw,
> das Zelt in Johanns Garten ist ein Wigwam,
> Gion Gieris Bless ist ein Kojote,
> und Mieze ist ein Panther,
>
> howgh!

Cu i ein vegni per el cugl auto mellen, mirava gl'entir vitg tras ils umbrivals. El veva si siu tschaco, mess si il bratsch da dumengias cul maun da curom, ed «ohi, oho, que tscho ben que tscho» eis el ius egl auto. Dus en tschoss alv flancavan el. «Flankierende Massnahmen», ha il tat fatg si pil buob e smaccau igl egl. Suenter igl ohi, oho ch'el ha aunc fatg inaga egl auto, ha el vuliu, sc'in signur, ch'ei fetschien giu la finiastra. Il tat ha detg da finiastra ora als normals:

«Protestel! Mia veta hai jeu pretendiu avon nies num il tetel da noblezia. Da vart dalla mumma vegnevan nus neu dalla schlatteina dils Montenegros, dalla quala ins scheva ch'ella derivi buca da retgs, sunder ils retgs dad ella.» El fuva uss Don Ramón del Valle-Inclán. Siu schnuz ei ius vidaneu. La finiastra ei ida si. La scharabanca ei ida da vischnaunca enagiu.

Als sie ihn mit dem gelben Auto holten, spähte das ganze Dorf durch die Vorhänge. Er hatte seinen Tschakko auf, hatte den Sonntags-Arm mit der Lederhand montiert, und murmelnd stieg er in den Wagen. Zwei Männer in weißen Schürzen flankierten ihn. «Flankierende Maßnahmen», machte der Großvater zum Bub und zwinkerte ihm zu. Im Auto verlangte er nach einem «ohi, oho» wie ein Herr, dass sie das Fenster herunterlassen sollten. Und zum Fenster heraus wandte sich Großvater an die Normalen:

«Ich protestiere. Meiner Lebtag habe ich vor unseren Namen das Adelsprädikat verlangt. Von Mutters Seite stammen wir vom Geschlecht der Montenegros ab, von dem es hieß, dass es sich nicht von Königen herleite, sondern die Könige von ihm.» Er war jetzt Don Ramón del Valle-Inclán. Sein Schnauz ging hin und her. Das Fenster ging hoch. Die Karre fuhr durchs Dorf hinab.

Ei sescheva che cura ch'il luf hagi piars ils dents, mondi il quac a spass sin el. Aber els han mai ughegiau, aunc lu buc, ils tgapers, da tappargnar sils lufs ord nossa stirpa.

La combra fuva vita. El veva fatg dustar tut. Sulet la meisa da notg fuva aunc cheu cun en il naschier. Sin la meisa fuvan duas candeilas envidadas, e denter quellas saltava in Shiva lingier, veva quater bratscha e combas che manizzavan. La finiastra fuva aviarta e l'aria frestga. Sil sem-finiastra fuva il maun da fier. Pieder Paul Tumera veva priu cumiau dil mund e fatg ir tuts ord combra dano il buob. El teneva miu maun, pinaus da svanir, ed jeu sentevel ch'el saveva ir e co la veta untgeva dad el. Cheu eis el aunc staus si inaga cun fadigia. Il schnuz ei ius vidaneu perquei ch'jeu savevel ei. Ses davos plaids ein stai plein smarvegl: «Jeu vivel aunc?»

El ei daus els ponns.

En miu maun fuva ina grefla.

Es hieß, wenn der Wolf seine Zähne verloren habe, würde ihm die Krähe auf dem Buckel herumspazieren. Aber das haben die Krähen bei den Wölfen aus unserer Sippe nie gewagt.

Die Kammer war leer. Er hatte alles wegräumen lassen. Nur der Nachttisch war noch da mit dem Nachthafen drin. Darauf zwei brennende Kerzen, und zwischen diesen tanzte ein leichtfüßiger Shiva mit vier Armen und vier Beinen. Das Fenster war offen, die Luft frisch. Auf dem Fenstersims die Eisenhand. Pieder Paul Tumera hatte sich von der Welt verabschiedet und alle aus dem Zimmer geschickt – alle außer mir. Er hielt meine Hand, zum Gehen bereit, und ich spürte, dass er gehen konnte und wie das Leben aus ihm wich. Da stemmte er sich nochmals mühevoll hoch. Der Schnauz ging hin und her – ich ahnte es mehr, als dass ich es sah. Seine letzten Worte klangen verwundert: «Ich lebe noch?»

Dann fiel er in die Kissen zurück.

In meiner Hand lag eine Kralle.

Scaramutschas dil tat cul min, ch'el numnava il minadin, e las sulazzadas dil tat sil min, aber era sin enqual vischin, darar denton senza menziun dil min, ch'el ha giu fatg, avon ch'ei peglien el giud la plonta e mondien cun el en a Beverin, recitond mintga ga ina, entupond il min, il Martin, il Pieder, la Barla, ni ils differents Gions ed Antonis e lur cumbinaziuns, ni las autoritads naven da caluster tochen prer, ni cu ei vegneva che plueva.

    In tgau entuorn la cantunada
    Cun duas ureglias adenpez
    Egls verds cul streh atras
    Pitgiv, surstau
    MinMiau

    Il minadin
    Ei staus giun curtin
    Magliau peterschin
    Semnaus digl aug Tin

    Il minadin
    Ha gl'entir di spitgau
    Sin la miur spel canvau

    Il minadin
    Ei scapaus ord pistregn
    Cul cudighin dil vischegn

Großvaters Geplänkel mit Mieze, die er Minadin und Muschi und Mizzi nannte, und seine Verse auf Mieze, aber auch auf den einen oder andern Nachbarn, allerdings kaum je ohne Erwähnung von Mieze, verfertigt bevor sie ihn vom Baum herunterholten und nach Beverin brachten, zum Besten gegeben jedes Mal, wenn er Mieze begegnete, oder dem Martin, der Barla, oder den verschiedenen Gions und Antonis und ihren Kombinationen, oder den Autoritäten vom Sigrist bis zum Pfarrer, oder wenn es nach Regen aussah.

Um die Ecke
Von Nachbars Schopf
Luchst ein Katzenkopf
Grüne Augen, Ohren spitz
Und flinke Pfoten
Wie der Blitz

Kätzchen frisst Spätzchen
Katz frisst Spatz
Miau schau wem.

Minadin war im Garten
Und hat jetzt den Bauch
voll Schnittlauch

Der Nachbar ist ein Tropf
Denn aus seinem Schopf
Hat Minadin die Wurst geklaut
Und alle haben zugeschaut.

Peter parler
Ch'ha pers il calzer
La miur ha anflau
Il giat ha magliau

Barla en tocs
Ha fatg gnocs
Gion Martin
Ha magliau in
Ed il giat
Ha magliau siat

Gion Cazzet en in sitget,
Il sitget ei staus furaus,
E Gion Cazzet ei staus mitschaus

Gion Antoni Budischin
Peglia miurs
Vilent' il min

Nina, nana, zua
Il giat ha rut la cua
Il prer ha vuliu pinar
Il caluster buca schar

Ei vegn che plova
La giatta semova
Il tschiel semida
La glina sestrida

Muschi Muschi Katzenbuckel
Die Barla ist ein Schnuckel
Güggel Güggel Gockelhahn
Der Martin ist ein Grobian.

Minadin Maudi Murrlimutz
Büsi Schnüsi Schnurrliputz
Maudi fährt Audi
Gion Cazzet fährt vw
Oje!

Gion Antoni Katzenstrecker
Geht der Mieze auf den Wecker.

Nina Nana Ranz
Die Katze bricht den Schwanz
Der Pfarrer muss ihn flicken
Der Sigrist will ihn strecken.
Nina Nana Löffelstiel
Das ist dem Büsi doch zu viel.

Schwarze Wolken hangen
Und die Bauern plangen
Alle Katzen ranzen
Und die Mäuse tanzen
Der Tödi hat 'nen Degen
Und Regen bringt Segen.

Ils giats maridan
Las miurs sturnidan
Ils tgauns van a nozzas
Ils tgapers en tgaubrochels

Sacumpentel zacumpaglia
rottambottel rottadambot
eni capeni da min conblà
siatmatusa clenatà

Ei schevan ch'il tat vevi ses spruhs dalla Crestomazia. Aber quei fuva buca aschia. La Crestomazia veva ses spruhs dil tat.

Sacumpentel zacumpaglia
Rottambottel rottadambot
Eni capeni da min conblà
Siatmatusa clenatà.

Man sagte, Großvater habe seine Verse aus der Rätoromanischen Chrestomathie. Aber dem war nicht so. Die Rätoromanische Chrestomathie hatte ihre Verse vom Großvater.

Crer nuot fuva ina greva hipoteca. Nua setener lu? Ses amitgs, sias amitgas vevan entschiet a crer nuot, entschiet a fimar, ed alcohol e drogas, surfatg e crapai, ni anflau la grazia beatificonta, vegni illuminai e returnai tier in Jesus american da cavels liungs. Jesses ti pauper Crest, cons han anflau tei che ti sehanasses nuot. El carteva che quels dil sguard serein dettien sin la gnarva da fugir a Jesus Cristus. Perquei ch'ei vevan fatg il segl anavos.

Nichts zu glauben war eine schwere Hypothek. Woran sich halten? Seine Freunde, seine Freundinnen hatten begonnen, nichts zu glauben und stattdessen zu kiffen. Hatten mit Alkohol und Drogen begonnen, hatten übertrieben und waren kaputt gegangen, oder hatten zur Erleuchtung gefunden, zu einem amerikanischen Jesus mit wallendem Haar. Jesses du armer Gott, wie viele haben dich gefunden, an denen dir wenig läge! Er glaubte, dass die Leute mit dem erleuchteten Blick Jesus Christus schrecklich auf die Nerven gehen müssten. Weil sie den Sprung rückwärts gemacht hatten.

Il tat seschava buca disturbar da quei ch'ei schevan. El legeva avon detschartamein Plinius a mi ed al min, beinsavend che la glieud parlaheschi pli bugen che da tedlar igl essenzial: «M. Sergio, ut equidem arbitror, nemo quemquam hominum iure praetulerit... A Marcus Sergius Silus vegn bein negin, sco jeu supponel, a preferir enzatgi auter. Secundo stipendio dextram manum perdidit. Sin sia secunda campagna militara ha el piars siu maun dretg. Sinistra manu sola quater pugnavit, duobus equis insidente eo suffossis. Cul seniester sulet ha el battiu en quater battaglias, e dus cavals ein vegni perfurai sut la siala ad el. Dextram sibi ferream fecit. El ha schau far in maun dretg da fier, fatg fermar el vid il bratsch e battiu cun quel; liberau Cremona, defendiu Placentia e conquistau en Gallia dudisch camps hostils. Ceteri profecto victores hominum fuere, Sergius vicit etiam fortunam. Pilver, tschels ein stai victurs sur dils carstgauns, Sergius denton ha perfin victorisau il destin.»

Großvater ließ sich nicht stören von dem, was gesagt wurde. Unbeirrt las er mir und der Katze Plinius vor, wohl wissend, dass die Leute lieber herumschwadronieren, statt sich die wichtigen Sachen anzuhören: «M. Sergio, ut equidem arbitror, nemo quemquam hominum iure praetulerit ... Dem M. Sergius Silus wird wohl niemand, wie ich annehme, irgendeinen anderen vorziehen. Secundo stipendio dextram manum perdidit. Auf seinem zweiten Feldzug verlor er die rechte Hand. Sinistra manu sola quater pugnavit, duobus equis insidente eo suffossis. Mit der linken Hand allein kämpfte er viermal, und zwei Pferde wurden ihm unter dem Sattel durchstochen. Dextram sibi ferream fecit. Er ließ sich eine rechte Hand aus Eisen anfertigen und am Arm befestigen und kämpfte damit, als er Cremona befreite, Placentia verteidigte und in Gallien zwölf feindliche Lager eroberte. Ceteri profecto victores hominum fuere, Sergius vicit etiam fortunam. In der Tat, die Übrigen waren Sieger über die Menschen, Sergius aber besiegte sogar das Schicksal.»

Tgei ei transcendental?

Cura che Kennedy fuva sgulaus ils 26 da zercladur 1963 a Berlin, tschintschau avon 400 000 e finiu culs plaids: Ik bin ein Böörliner, veva il tat detg siper il radio: Und ik bin ein Kantianer. Il buob veva priu che quei hagi da far cun cantina, seigi pia pli u meins il medem sco talianer.

Il tat ei staus fideivels ad Immanuel Kant tochen la mort. Inagada ch'el fuva staus giu Cuera per schar tschentar en endretg igl apparat che schulava ad el silla ureglia dretga e ch'el fuva aunc ius en stizun, e stend avon la cassa cun sia groppa buorsa nera, sevilond ch'ei hagien bu toscanas, ed encurend viado la muneida per pagar in paun, in salsiz ed ina tschugalata, che la cassiera ha craschlau encunter ad el la damonda existenziala: Hän Sie a Cumuluskarta? ha il tat rispundiu: «Ich nenne alle Erkenntnis transzendental, die sich nicht so wohl mit Gegenständen, sondern mit unserer Erkenntnisart von Gegenständen, so fern diese a priori möglich sein soll, überhaupt beschäftigt», mess ils raps enta maun alla matta, fatg ensemen la buorsa, pachetau en ella, priu in scarnuz, fatg ir vidaneu il schnuz, cavigliau en sias victualias ed ius.

Was heißt transzendental?

Als Kennedy am 26. Juni 1963 nach Berlin geflogen war, vor 400 000 Menschen gesprochen und mit den Worten geendet hatte: Ik bin ein Böörliner, hatte Großvater zum Radio gesagt: Und ik bin ein Kantianer. Der Bub hatte angenommen, dass das etwas mit Kantine zu tun habe, also etwa das Gleiche sei wie Italiener.

Großvater ist Immanuel Kant bis zum Tode treu geblieben. Als er einmal in Chur drunten gewesen war, um seinen Hörapparat regulieren zu lassen, der im rechten Ohr pfiff, und er nachher noch in einen Selbstbedienungsladen gegangen war, nun vor der Kasse stand mit seinem groben schwarzen Geldbeutel, schimpfend, dass man hier keine Toscanis führte, die Münzen hervorklaubte, um ein Brot, einen Salsiz und eine Schokolade zu berappen, und die Kassierin ihm die existenzielle Frage entgegenkrähte: Hän Sie a Cumuluskarta?, da hatte Großvater geantwortet: «Ich nenne alle Erkenntnis transzendental, die sich nicht so wohl mit Gegenständen, sondern mit unserer Erkenntnisart von Gegenständen, so fern diese a priori möglich sein soll, überhaupt beschäftigt», hatte der Frau die Münzen in die Hand gedrückt, den Geldbeutel zugemacht und eingesteckt, die Papiertüte genommen, den Schnauz hin- und herbewegt, seine Siebensachen zurechtgerückt und war gegangen.

Las brevs ad Oria.

Cara Oria, sundel vida far historias e battel cumplet, haiel schliet, mal il venter, haiel vungas. Scriver ei il meglier vomitiv. Magliel nuot, beibel nuot. Less tschitschar vid ina tuba senf. Miu venter ei plein ideas che stattan buca sil pupi. Eli Eli lama asabtani, el cloma Elia. Salids. Tiu buob

Cara Oria, ti eis gia cavada si, quel ch'ei vegnius en tia fossa era schon. Tratsch dultsch da santeri eis ti. Nus fuvan secunvegni denter nus. La vegliuorda veva empermess al buob ch'ella tuorni anavos e semuossi, sche quei fussi pusseivel. Ti has buca saviu turnar. Negin tuorna, ussa sai jeu ei. Pertgei turnar? Cheu ei buca semidau bia. La glieud ei bein pli puppergnada, ha per mintga fuera in apparat. Ils telefons ein buca pli vid la preit. Mintgin ha in en sac, e sch'in tschontscha zanua persuls dad ault sin via, eis ei buca perquei ch'el batta, mobein perquei ch'el telefonanescha. La meisa rodunda ei aunc adina vid il medem tema, e la suprastonza ei aschi perderta sco da tiu temps. Ori Ori lama sabactani. Jeu clomel Oria, Tiu buob.

Pil giavel Oria, mes vocabularis ein mias scatlas da legos. Cun la tocca lien baghegel jeu ina

Die Briefe an Oria

Liebe Oria, bin am Geschichtenmachen und völlig verrückt, es ist mir übel, ich habe Bauchschmerzen, Brechreiz. Schreiben ist das beste Brechmittel. Esse nichts, trinke nichts. Möchte an einer Tube Senf saugen. Mein Bauch ist voller Ideen, die nicht aufs Papier wollen. Eli Eli lama asabtani, er ruft Elias. Grüße. Dein Bub.

Liebe Oria, dein Grab ist schon lange aufgehoben, das deines Nachfolgers auch schon. Süße Friedhofserde bist du. Wir hatten uns geeinigt. Du hattest mir versprochen, dass du zurückkommen und dich mir zeigen würdest, wenn das möglich sei. Du hast nicht zurückkommen können. Keiner kommt zurück, jetzt weiß ich es. Warum zurückkommen? Hier hat sich nicht viel verändert. Wohl sind die Leute verwöhnter, haben für jeden Mist einen speziellen Apparat. Die Telefone sind nicht mehr an der Wand. Jeder hat eins in der Tasche, und wenn einer allein irgendwo auf der Straße laut spricht, dann nicht, weil er nicht recht bei Trost wäre, sondern weil er telefoniert. Aber der Stammtisch ist noch immer beim selben Thema, und der Gemeindevorstand ist so gescheit wie zu deiner Zeit. Ori Ori lama sabactani. Ich rufe Oria. Dein Bub.

Zum Teufel Oria, meine Wörterbücher sind meine Lego-Schachteln. Mit den Klötzchen, die da drin sind, baue ich mir einen Turm, dessen Spitze bis zum Himmel

tuor, siu tgau tochen si tiel tschiel. Cu la babilonia dat ensemen, dun jeu a mia ovra il tetel Battibugl.

Ha Oria, tgei ei patria? vev' jeu dumandau tei. Patria ei en scola, cu nus cantein sonor «En la patria ei plascheivel, en la patria less jeu star / Cheu tarlischa, schi migeivel, il sulegl schi bi e clar». E cu il scolast volva il dies, schula in eroplan da pupi sur la classa el nas ali Tiador. Patria ei: In bal da folgummi sin plaz scola, e sch'ina fenestra va ora, vai liber. Patria ei: Cu ina uniun sa buca pli tgei far, reveda ella las statutas ni cumpra in padrin ed ina madretscha che pagan ina fana. Patria ei: Cu in vischinadi ha buca fantasia pli, fa el parcadis cun la plazza da scola. Patria ei in da quels da veider cun en aua, e cu ti volvas el entuorn e mettas puspei sin meisa el, neivi. Patria ei in plat da plastic cun si in prau cun si ina casa. Entuorn il prau, exact quei ch'ei miu, ei ina seiv. Suren ed ordentuorn ei ina cupla da glas cun en aua, e sisum la cupla ei ina borla dad aria. Cu jeu volvel la patria sil tgau e mettel ella puspei sil plat, neivi. Endadens egl aquari, sil prau quei ch'ei miu, ch'jeu hai fatg seiv, s'ei ina fana. Avon casa ch'ei in chalet ei in umetgel che tila ad ault ina fana cun moni cuort. Ed in cun capetsch sc'in cup sin tgau che ha en in camischut blau cun steilalvas e suna ina tiba cun si igl uoppen. En la patria, ch'ei in plat da plastic cun si tut bi

reicht. Und wenn Babylon einstürzt, gebe ich meinem Werk den Titel *battibugl*, Kuddelmuddel.

Ha Oria, was ist Heimat? hatte ich dich gefragt. Heimat ist, wenn wir in der Schule mit heller Stimme sangen: «S'Schwyzerländli isch nur chly, aber schöner chönnt's nit sy!/Gang i d'Wält so wyt du witt, schön'ri Ländli gits gar nit!» Und wenn der Lehrer sich umdreht, saust ein Papierflieger quer über die Klasse dem Theo an die Nase. Heimat ist ein Vollgummiball auf dem Pausenplatz, und wenn ein Fenster in die Brüche geht, geht's los. Heimat ist ein Verein, welchem nichts mehr einfällt und der dann seine Statuten revidiert oder sich einen Paten, eine Patin zulegt, die eine neue Fahne finanzieren. Heimat ist ein Dorf, dem die Phantasie ausgeht und das dann aus dem Pausen- einen Parkplatz macht. Heimat ist eins dieser wassergefüllten Dinger aus Glas, und wenn du es umdrehst und wieder auf den Tisch stellst, schneit es. Heimat ist ein Stück Plastik, drauf ein Rasen und ein Haus. Um Rasen und Haus – Klein, aber mein! – ein Zaun. Drum und drüber eine wassergefüllte Glaskuppel und ganz oben eine Luftblase. Wenn ich die Heimat umdrehe und wieder auf den Plastikboden stelle, schneit es. Im Aquarium drin, auf meinem Rasen, von mir eingezäunt, hat's eine Fahne. Vor dem Haus, das ein Chalet ist, hat's ein Männchen, das eine Fahne mit kurzem Stiel in die Höhe wirft. Und ein zweites Männchen mit einem runden Käppchen auf dem Kopf in einem blauen Hemd mit Edelweiss bläst ein wappengeschmücktes Alphorn.

schuber sut in capetsch da glas cun en aua, suren ina bulla dad aria sco el livel, cu jeu volvel la patria sil tgau e mettel ella puspei sil plat, neivi in plat neiv – ella patria stat ei scret, sin ina plachetta da plastic, tgietschen sin alv: Switzerland.

Hu Oria, ti sas medegar glieud, dir l'aura, scatschar ils mals. Jeu sun perschuadius che ti sas sgular. Sin la scua sgolas ti. Daco prendas buca mei tras ils lufts da clavau en e dallas sgremas ora – husch! viers auters continents? Ti dias nuot, ins sa mai, sche ti dormas ni sche ti teidlas.

O Oria, dus minarets, dus papels – dretg e seniester dil clutger, hai jeu semiau. Il plevon mava da cadruvi vi e neu cul cudisch, sut dus papels ed in portal enamiez. Il tat era sil papel seniester, pigliava entuorn a quel cun bratscha schemia e lamentava giuado ils tschun vers dalla 111avla sura dil coran: «1. Ils mauns dad Abu Lahab vegnan a svanir, ed el vegn a svanir. 2. Sia beinstonza e quei ch'el ha acquistau duei gidar el nuot. 3. Gleiti vegn el ad ir en in fiug flammegiont; 4. E sia dunna vegn a purtar la lenna da brisch. 5. Entuorn il culiez dad ella ei in sughet, fatgs orda fils da palmas.»

Eine Heimat, die ein Stück Plastik ist, alles sauber, glatt und schön unter einer wassergefüllten Glaskuppel mit einer Luftblase wie in der Wasserwage, und wenn ich die Heimat auf den Kopf stelle und wieder umdrehe und auf den Boden stelle, schneit es bis in die Niederungen – und in dieser Heimat steht auf einer Plastikplakette rot auf weiss geschrieben: Switzerland.

Hu Oria, du kannst Menschen heilen, das Wetter vorhersagen, Übel vertreiben. Ich bin sicher, dass du fliegen kannst. Auf dem Besen fliegst du. Warum nimmst du mich nicht durch die Lüfte, hinein in die Scheune und durch die Ritzen wieder hinaus – husch! in andere Kontinente? Du sagst nichts, nie weiß man, ob du schläfst oder zuhörst.

O Oria, zwei Minarette, zwei Pappeln – rechts und links vom Kirchturm, habe ich geträumt. Der Pfarrer ging mit dem Brevier auf dem Dorfplatz auf und ab, unter zwei Pappeln mit einem Portal dazwischen. Großvater saß auf der Pappel links, umfasste sie mit Affenarmen und lamentierte von dort herunter die fünf Verse der hundertelften Sure des Koran: «1. Die beiden Hände von Abu Lahab werden vergehen, und er wird vergehen. 2. Sein Reichtum und was er erworben hat, wird ihm nichts nützen. 3. Bald wird er in ein flammendes Feuer eingehen; 4. Und sein Weib wird das Brennholz herbeitragen. 5. Um ihren Hals wird ein Strick von gewundenen Palmenfasern sein.»

Hihi Oria, il davos era il tat in citat. Cu'ls purs mavan express la sonda avon Pastgas cun grascha tral vitg, fageva el la rauna, metteva si ina bucca largia che tunscheva tochen en tiels pézs dallas ureglias, targeva en il culiez rubigliau ch'il baditschun vegneva dubels, e splattergnava – qua, qua – tral nas, il vers sur dils purs dalla quacra: «quámvis sínt sub aquá sub aquá maledícere témptant».

Miu tat era in legn che haveva legiu bibliotecas e teniu endamen sc'in crap. El veva la memoria absoluta. Ussa lasch jeu su als lecturs d'anflar danunder ch'ils citats vegnan. Aber ils lecturs, scheva il tat, quella s.h. genira che vul saver, vul bu saver da citats. I vulan saver – miau – tgi ch'ei seigi maniau. Sche fai si umens da neiv, sufla en lur ruosnas nas e di: quel cheu che ha si schlappa, quei ei mia basatta, cun pial e cuagl. Quel cheu cun giu in bratsch ei miu tat exact tagliau giu il tgau, sco el fuva. Quel cheu cun en la riebla ei – mau – il Blau. E l'entira historia ei vera tochen las ureglias.

Sut la platta da fiug ora rambutlan, zit zit zit, nanins e dials e historias e citats. Hihihi Oria.

Zacherzucher Oria, tgisà sche ses davos plaids fussen stai citai? Jeu havevel quintau che in sco miu tat schessi plaids pli da peisa en bucca alla mort. Ni vegness cun zatgei in humor, per ve-

Hihi Oria, zuletzt war Großvater ein Zitat. Wenn etwa die Bauern absichtlich am Ostersamstag Mist durchs Dorf führten, spielte er den Frosch, riss von einem Ohr zum andern ein großes Maul, zog den faltigen Hals ein, bis er ein Doppelkinn hatte, und quaquakte durch die Nase den klassischen Vers auf die Bauerntrampel: «*Quámvis sint sub aquá sub aquá maledícere témptant*».

Großvater war ein Rätsel, das ganze Bibliotheken gelesen hatte und sich erinnerte wie ein Stein. Er hatte das absolute Gedächtnis. Jetzt lasse ich die Leser nach der Herkunft der Zitate suchen. Aber die Leser, hatte Großvater gesagt, dieses Pack, will von Zitaten nichts wissen. Sie wollen nur wissen, wer gemeint ist. Dann stell eben Schneemänner auf, blas ihnen in die Nase und sag: Sie da mit der Spitzenhaube, das ist meine Urgroßmutter, mit Haut und Haar. Der Einarmige dort ist mein Großvater, wie aus dem Gesicht geschnitten, ganz wie er leibte und lebte. Der da mit der Rübe im Gesicht ist – mau – Onkel Blau. Und die ganze Geschichte ist bis über die Ohren wahr.

Unterm Herd durch hoppeln, zit zit zit, Wildleutchen und Zwerge und Geschichten und Zitate. Hihihi Oria.

Kruzitürken Oria, wenn seine letzten Worte ein Zitat gewesen wären? Hätte gedacht, dass einer wie mein Großvater im Angesicht des Todes gewichtigere Worte finden würde. Oder etwas Humorvolles, um damit auf die Liste derer zu gelangen, die diese Welt mit einem Scherz auf den

gnir sin la gliesta da quels che bandunan il mund cun in spass sin las levzas. Fuss quei ch'el ha detg il davos stau citau, sco ils plaids dil crucifigau?

Ti vevas mo detg: Epi? – e fatg ina pausa, epi ris, epi fatg: Podà ch'el ha forsa citau ina dama.

Cheu mi vegn endamen pervi' digl *epi* immediat Madame d'*Epi*nasse. Lu vau guglau. La maschin' ha sofort dumandau: Has maniau Lespinasse? – Gie clar, hè uauuu!, Mademoiselle Julie de L'Espinasse! (Il tat schulava sin google.) Cheu has Ti teniu in venter beau agradora, mess sin el ils mauns e ris sc'ina vacca.

Oria adurava las brevs dallas damas mundanas. Las mellis brevs da Madame Liselotte d'Orléans e las brevs dallas duas salonnieras: Madame du Deffand e surtut da Mademoiselle de L'Espinasse che savevan, che retscheiver brevs fetschi buca ton gaudi pervia dil leger ellas, mobein perquei ch'ei dettien caschun da rispunder ellas. Miu tat denton legeva ils romans scumandai a dunschala Liselotte, damai ch'els fetschien, tenor siu bab, «die weibsleute zu huren und die mannsleute zu narren».

Era Madame du Deffand adurava miu tat ord tut auters motivs che Oria. Cura ch'in cardinal, seigi s'exprimius tut surprius che Sogn Placi fuvi ius sinta maun cun siu tgau naven da Sontget entochen sin claustra, veva Madame interrut Sia Grazia: «Oh, Monsieur. Sut talas circumstanzias drova sulet igl emprem pass in sforz.»

Lippen verlassen haben. Wäre, was er zuletzt gesagt hat, bloß ein Zitat, wie die letzten Worte des Gekreuzigten?

Du hast nur gesagt: *Epi* – und dann? Hast eine Pause gemacht, und dann gelacht, und dann gesagt: Möglich, dass er vielleicht eine Dame zitiert hat. Wegen dem *epi* ist mir flugs Madame d'*Epi*nasse eingefallen. Habe flugs gegugelt. Und flugs hat die Maschine gefragt: Meinten Sie Lespinasse? – Ja klar, juppee! Mademoiselle Julie de L'Espinasse! (Großvater pfiff auf Google.) Da hast Du die Hände überm selig vorgestreckten Bauch gefaltet und gelacht wie eine Kuh.

Oria schwärmte für die Briefe mondäner Damen. Die abertausende von Briefen von Madame Liselotte d'Orléans und die Briefe der beiden Salonnièren: Madame du Deffand und vor allem Mademoiselle de L'Espinasse. Beide wussten, dass der Empfang von Briefen weniger um der Lektüre willen ein Vergnügen ist als wegen der Gelegenheit, sie zu beantworten. Grossvater hingegen las die Romane, welche dem edlen Fräulein Liselotte einst verboten waren, weil sie ihrem Vater zufolge «die weibsleute zu huren und die mannsleute zu narren» machten.

Auch Madame du Deffand verehrte Grossvater aus ganz anderen Gründen als Oria. Ein Kardinal hatte sich überaus erstaunt gezeigt, als er hörte, dass der heilige Placidus seinen Kopf auf Händen von Sontget bis hinauf zum Kloster getragen habe. Da hatte Madame Seine Eminenz unterbrochen: «Oh, Monsieur. Unter solchen Bedingungen bedeutet lediglich der erste Schritt eine Anstrengung.»

La mar ei terrestra. Il tschiel ei celestials e masculins tochen leuo e vits.

Oria vegneva ord la mar. Ord la mar baltica. In pèsch cun en bucca ina buccada ambra. Ell'ambra in insect buglius en. Ella carteva il maisudiu: che sia olma seigi mortala. En ses cudischs da notizias, che jeu vevel priu cun mei sin viadi egl Ost, hai jeu legiu siu misteri a Reval en ina combra d'in hotel, dalla quala ins vesa sur quei fabulus marcau ora cun sias tschien tuors dad aur, nua ch'igl occident semischeida cugl orient:

«La differenza denter nus ei, che vus veis ina olma immortala, e quella hai jeu buc. Quei ei sco cun las dunnas-pèsch, quellas han era buc ina. Ellas vivan pli ditg che quels cun l'olma immortala, aber cu ei mieran, lu svaneschan ei era diltuttafatg e senza fastitgs. Aber tgi sa divertir, incantar e striunar ils carstgauns pli fetg che la dunna-pèsch cu ella termaglia ed endrida. Cu ella risa ils humans da saltar pli furius e da murar pli selvadi che schiglioc. E lu tuttenina, svanescha ella, e tut quei che resta dad ella ei in fastitg bletsch sil plantschiu.»

Quei fuva Oria, la dama vegliandra, senza absolut negina pietad viers sesezza che jeu vevel enconuschiu co ella viveva e patertgava.

Cheu sun jeu ius sil balcun da mia combra e staus avon la mar baltica sco ina Nossadunna avon igl aunghel dall'annunziaziun.

Das Meer ist irdisch. Der Himmel ist himmlisch und männlich ohne Maß und leer.

Oria war aus dem Meer gekommen. Aus dem Baltischen Meer. Ein Fisch mit einem Stück Bernstein im Maul. Im Bernstein eingeschlossenen ein Insekt. Sie glaubte das Unerhörte: dass ihre Seele sterblich sei. In ihren Notizbüchern, die ich mitgenommen habe auf die Reise in den Osten, habe ich ihr Geheimnis gelesen. In Reval, in einem Hotelzimmer, von welchem man diese märchenhafte Stadt mit ihren Hunderten von goldenen Türmen, wo West und Ost sich mischen, überblickt:

«Der Unterschied zwischen uns ist, dass ihr eine unsterbliche Seele habt, und eine solche habe ich nicht. Das ist wie mit den Meernixen, die haben auch keine. Sie leben länger als die mit der unsterblichen Seele, aber wenn sie sterben, so verschwinden sie vollständig und spurlos. Aber wer kann die Menschen besser unterhalten, bezaubern und verhexen als die Nixe, wenn sie spielt und lockt und reizt. Wenn sie die Menschen dazu verleitet, wilder zu tanzen und heftiger zu lieben als üblich. Und dann, plötzlich, ist sie verschwunden, und alles, was von ihr bleibt, ist eine nasse Spur auf dem Boden.»

Das war Oria, die steinalte Dame, ohne jede Spur von Pietät sich selbst gegenüber, so wie ich sie und ihr Leben und Denken gekannt hatte.

Da bin ich auf den Balkon meines Zimmers hinausgetreten und vor dem Baltischen Meer gestanden wie Maria vor dem Engel des Herrn.

Dus eccehomos. Quel dil tat ord la litteratura. Quel dalla tatta ord la veta:

> «das ist der Mensch
> einarmig
> immer»
> *Hilde Domin*

ecce
homo
e
cu
la
mumma
lavava
la
tatta
e
co
sias
combas
fuvan
sco
stadals
o
mo
ossa
lavada
ed

Zwei Ecce-Homos. Jenes von Großvater aus der Literatur. Jenes von Großmutter aus dem Leben:

> «das ist der Mensch
> einarmig
> immer»
> *Hilde Domin*

Ecce
Homo
und
als
die
Mutter
die
Großmutter
wusch
und
wie
ihre
Beine
wie
Deichseln
waren
o
nur
gewaschene
Knochen
und

ella
seturpegiava
spogliada
dil
resti
dils
cavels
dalla
carn
dalla
veta
o
tatta
sicut
transeat
e
sicut
in principio et nunc et semper

sie
schämte
sich
beraubt
ihrer
Kleider
ihrer
Haare
ihres Fleisches
ihres
Lebens
o
Großmutter
sicut
transeat
und
sicut
in principio et nunc et semper

Historia da Beverin: «Ina dunna ei cheu. Quella drova mai siu maun dretg. Ei hagien priu giu ad ella il maun dretg, di ella, schebein ch'ins vesa ch'el ei aunc cheu, sco tier tut tschels era.»

Geschichte aus Beverin: «Hier ist eine Frau, die ihre rechte Hand nie benützt. Sie hätten ihr die rechte Hand abgenommen, sagt sie, obschon man sieht, dass sie noch da ist, wie bei allen andern auch.»

Mes vocabularis schaian aviarts pil plaun entuorn, ein tappergnai cun toppas tgaun. Co carmalar viado ils plaids? – Sco da far vegnir ora las mustgas grossas ord las preits.

   Jeu hai scaldau en da rudien la hetta, e las mustgas vegnan neunavon, miez sgargliadas. Aschia eis ei culs plaids, e lu sei da pigliar els mezs vivs, avon che sedurmentar. Ed avon ch'els fetschien la mustga. Il talent da scriver ei sulet il co che ti mettas giu plaids.

Meine Wörterbücher liegen aufgeschlagen am Boden verstreut, betappt von Hundepfoten. Wie soll man die Wörter hervorlocken? – So wie man die dicken Fliegen aus den Wandritzen lockt.

Ich habe die Bude tüchtig eingeheizt, bis die halb aufgetauten Fliegen hervorgekrochen sind. Gleich verhält es sich es mit den Wörtern, und dann gilt es, sie halblebendig zu erwischen. Bevor man einschläft. Und bevor sie davonfliegen. Schreibtalent ist Wörter auf die Reihe kriegen.

Scriver, ina desperaziun horribla. Il scriver fa vegnir ins ord la suna, semper la tema dad emblidar quei ch'ins leva metter sil pupi, dad esser memia plauns, da stuer schar scappar ils clars patratgs, las construcziuns, senza remischun. E co vul in ch'ei vegnius cun la cundiziun d'in bov giu dils aults scriver, in ch'ei vegnius cun la selvadiadad necessaria ord ils uauls, in ch'ei vegnius bess nius cul sal vid la pial ord la mar? Raquenta dalla mar vinauna da Homer. Dalla spema dallas undas che sbuglian. Dalla undada, dalla ramur ch'ei fa cu las undas petgan, sprezzan encunter la greppa. «Jeu stundel sin la spunda, jeu mirel sin la mar, e contempleschel l'unda che rocl'ad in ruclar.» Ed jeu mettel pag che ti eis staus si leu e mai currius ellas undas. Ah, ti temevas las undas, las auas, ah, ti fuvas in Sursilvan che savevas buca esser bletschs.

Schreiben, eine fürchterliche Verzweiflung. Schreiben bringt einen um den Verstand. Ständig diese Angst, zu vergessen, was man zu Papier bringen wollte, zu langsam zu sein. Angst, dass die klaren Gedanken, die Sätze entwischen könnten, gnadenlos. Und wie soll einer schreiben, der mit der Kondition eines Zugochsen von den Alpen herabgestiegen ist? Der mit der nötigen Wildheit aus dem Wald getreten ist, den das Meer nackt, mit salzverkrusteter Haut ausgespuckt hat? Erzähle von Homers weindunklem Meer. Von schaumgekrönten Wogen, vom Tosen und Brodeln der Brandung am Fels. «Ich stand am hohen Strande, und sah hinab aufs Meer, die Welle barst am Lande, und rollte wieder her.» Aber ich, ich würde wetten, dass du oben geblieben, nie in die Wellen gerannt bist. Ah, du hast die Wellen gescheut, das Wasser, ah, du warst ein Oberländer, der nicht nass werden wollte.

La meisa cuschina ei lunghezia per in affon. Davos quella meisa han generaziuns dustau la fom, magliau fom. Perquei vegneva detg il babnos avon e suenter la tschavera. Cu negin saveva pli da fomaz e calastria ha quei calau. Il tat fageva aunc cul cunti ina cuorta crusch sil paun avon che snizzar el, teneva smaccau el cun la protesa e tagliava giu igl ur. Davos quella meisa han generaziuns da geniturs giu endamen ni cuschiu. Ella ha in truchet cun in nuv mellen da mesch isau che la mumma tergeva ora per ch'il pop sappi zambergiar el truchet. El rugadava ora cazs e furtgets e paluttas e tagliors da lenn, quel da far si butteglias e quel da far giu truffels e targeva tut pumfatè giun plaun. Il plat meisa ei plein furclettas e tagls crusch e traviers sco la pial dad Oria, ha mellis ruosnettas da mulauns, e da tschella vart dil truchet egl ur han ils buobs tagliau en: Elvis Presley. Sut quella meisa en spel tgaun ei il tat seruschnaus tschun gadas.

Il tat va, vau, l'emprema gada sut meisa en: Il tgaun veva Descartes sil muc, e Pascal pudeva el buca ferdar, ed Augustinus fuva ureidis per el. Il tgaun legeva il pli bugen Diogenes – va a mi ord il sulegl – ni Montaigne, el adurava Montaigne per franzos: j'adore Montaigne. Aber Diogenes, il tgaun, fuva siu autur prefe-

Der Küchentisch ist ungeheuer lang für ein Kind. An diesem Tisch hatten Generationen den Hunger gestillt. Von diesem Tisch waren Generationen hungrig wieder aufgestanden. Darum wurde vor und nach der Mahlzeit das Vaterunser gebetet. Als niemand mehr von Teuerung und Hungersnöten wusste, hatte das aufgehört. Großvater machte noch mit dem Messer ein knappes Kreuzzeichen aufs Brot, bevor er es mit der Prothese gegen die Brust drückte und anschnitt. An diesem Tisch hatten Generationen von Eltern geredet und geschwiegen. Er hatte eine Schublade mit einem abgegriffenen, gelben Messingknopf. Die Mutter zog sie heraus, damit der Kleine darin herumfuhrwerken konnte. Er räumte Löffel, Gabeln, Kellen, Holzteller, den Zapfenzieher und den Kartoffelschäler heraus, warf alles holterdipolter auf den Boden. Die Tischplatte war kreuz und quer übersät mit Kerben und Furchen, wie Orias Haut, hatte Tausende von Wurmlöchern, und gegenüber der Schublade hatten die Buben in die Kante geschnitzt: Elvis Presley. Unter diesen Tisch ist Großvater fünfmal neben den Hund gekrochen.

Großvater kriecht, wau, zum ersten Mal unter den Tisch: Der Hund hat Descartes auf der Latte, Pascal kann er nicht riechen, und Augustinus ist ihm zu einfältig. Der Hund liest am liebsten Diogenes – geh mir aus der Sonne – oder Montaigne, er verehrt Montaigne auf Französisch: *J'adore Montaigne*. Aber Diogenes, der Hund, ist ihm der liebste Autor. Stundenlang liegt er

riu. Uras schischeva el sut meisa en en venter, cludeva ils egls, arveva baul in, arveva baul tschel, studiava ils tgauns, cul baditschun sin in cudisch mellen: *Die Weisheit der Hunde.*

Il tat va, vau, la secunda gada sut meisa en: Miu schef sa ch'jeu siemiel, ch'jeu tratgel, el sa ch'jeu hai in'olma. Miu schef ei il pli grond, gest suenter mei.

Il tat fa vau la tiarza gada sut meisa en: El legia ord in cudisch graschel sur dil scriver, adina puspei la medema pagina, ed jeu vegnel era avon sin quella pagina, mes antenats era, e quei plai ad el, tegn jeu, aber jeu creiel ch'jeu seigi auters.

Il tat fa vau la quarta gada sut meisa en: Ed ei selitgavan denter els e schevan adina la medema pulenta. Diogenes aber schai ell'umbriva dalla mediocradad e raupa.

Il tat fa vau la tschunavla gada sut meisa en: Sa sche scriver fuss in dils grevs vomitivs? Per cletg sai jeu buca scriver. Jeu hai mirau bia gadas sut meisa si e viu co el piteva duront quella pli solitaria da tuttas lavurs. Jeu level dir: neu patrun, hei, lein ir ellas plauncas spuretgas nua che nus s'udin. Lein schar alla stiva quels che scrivan bugen, quels che mettan ensemen cu-

bäuchlings unterm Tisch, schließt die Augen, öffnet bald das eine, bald das andere, studiert die Hunde, das Kinn auf ein Buch mit gelbem Einband gestützt: *Die Weisheit der Hunde.*

Großvater kriecht, wuff, zum zweiten Mal unter den Tisch: Mein Chef weiß, dass ich träume, dass ich denke, er weiß, dass ich eine Seele habe. Mein Chef ist, gleich nach mir, der Größte.

Großvater bellt zum dritten Mal unterm Tisch: Er liest in einem schmalen Band über das Schreiben, immer wieder dieselbe Seite, und ich komme auf dieser Seite auch vor, auch meine Vorfahren kommen vor, und ich denke, dass ihm das gefällt. Aber ich glaube, dass ich anders bin.

Großvater bellt zum vierten Mal unterm Tisch: Und sie lecken sich gegenseitig und erzählen immer denselben Käs. Diogenes aber liegt im Schatten der Mittelmäßigkeit und rülpst.

Großvater bellt zum fünften Mal unterm Tisch: Ob Schreiben eins der stärksten Brechmittel wäre? Zum Glück kann ich nicht schreiben. Ich habe oft unterm Tisch hervorgeschaut und gesehen, wie er an dieser einsamsten aller Arbeiten litt. Ich hätte ihm sagen wollen: Komm, lass uns an die steilen Hänge gehen, wo wir hingehören. Überlassen wir die Stube jenen,

dischs tgunsch e senza retenientschas. Jeu hai viu co el tertgava sco jeu. Co el ei levaus si cun in stausch che la sutga ei sederschida da plaun vi.

El era spelaus. El ei segenaus vi tiels cudischs, ha scurlau las crunas, derschiu las plunas che tut ei scadenau giun plaun. Ha priu, aviert e tratg la savida dalla stiva da finiastra ora. Jeu stevel sin tuttas quater, schurmegiaus dil plat meisa, e mo miravel.

La maschina da scriver ei ida da ruosna ora cul pupi che fuva aunc en e tut. Il telefon da preit ch'il Sievi tgaublut cun tschoss blau veva a sias uras giu installau, cu la Swisscom veva aunc num PTT, ha fatg combas, cu el ha sentiu la puorla, e curreva tgei ch'el pudeva da via ora. Miu patrun berglava, gl'emprem sc'in Polifem cul pal egl égl, ha lu stuiu rir sc'ina vacca, vesend quei maletg d'in telefon che manizzava cun sias combas cuortas. El ha tschappau il cudisch da telefon e binglau suenter quel che tut las numras ein schuladas ora e massa nullas ein vegnidas en rocla e vargadas igl apparat dretg e seniester e sur e sut ora che lez ei ius en venter.

Cheu ein, ojé, las peisas dall'ura-cucu che fuvan tschuttas da fier idas in tec engiu, l'ura ha aviert il barcunet, ed il cucu, senza sminar enzatgei, ora per dar, ei enaquella vegnius a mauns da sia furia e ballantschava ussa slugaus or dalla ruosna nera.

die gern schreiben, die ihre Bücher leicht und hemmungslos zusammenkriegen. Ich habe gesehen, wie er dasselbe dachte wie ich. Und so ruckartig aufstand, dass der Stuhl umstürzte.

Mit wirrem Haar wankte er zu den Büchern hinüber, rüttelte an den Gestellen, kippte alles auf den Boden. Packte und schmiss die ganze Stubenweisheit zum Fenster hinaus. Ich, auf allen vieren, schaute unterm Tisch hervor zu.

Die Schreibmaschine flog mit eingespanntem Bogen und allem zum Loch hinaus. Das Wandtelefon, das der Sievi Glatzkopf mit der blauen Schürze seinerzeit installiert hatte, als die Swisscom noch PTT hieß, bekam Beine und rannte, was diese hergaben, die Straße hinunter. Mein Meister brüllte zuerst wie Poliphem mit dem Pfahl im Auge, musste gleich danach lachen wie eine Kuh beim Anblick des Telefons, das auf seinen kurzen Beinen davontrappelte. Er packte das Telefonbuch und schmiss es hinterher, sodass alle Nummern herausfielen und massenhaft Nullen davonrollten und den Apparat rechts und links und drunter und drüber überholten, sodass er stolperte und auf die Nase fiel.

Da haben sich, oje, die Gewichte der Kuckucksuhr, gusseiserne Tannzapfen, ein wenig gesenkt, die Uhr öffnete ihr Pförtchen, und der ahnungslose Kuckuck, der doch nur die Stunde hatte anzeigen wollen, wurde zum nächsten Opfer seiner Rage und hing nun traurig verrenkt aus dem dunklen Loch.

Ed el ei ius vi ed ha mess si la musica pli ferm, Händel sunavi, ha mess dad ault che Händel ha fatg nus clars, structurai, brigliants, suverans e che nus fuvan electrisai e schubergiavan tut giuadora. Jeu hai mirau en sia fatscha, la fatscha d'in malspirtau. Aunc mai vevel viu miu patrun cun quella glischur els egls.

Tuttenina ha el priu mei per las toppas davon e saltau cun mei sc'in narr per la stiva entuorn. Jeu vevel breigias da tener tila en quella posiziun humana sin las combas davos. E mia cua steva tut sterica agradsi per tener la ballontscha.

Und er ist hinübergegangen und hat die Musik lauter gestellt, Händel, er drehte so auf, dass uns dieser Händel luzid, strukturiert, brillant, souverän machte und dass wir wie elektrisiert den ganzen Rest hinausschmissen. Ich habe ihm ins Gesicht geschaut, ins Gesicht eines Besessenen. Noch nie hatte ich meinen Meister mit einem solchen Glanz in den Augen gesehen.

Plötzlich packte er mich an den Vorderpfoten und begann mit mir wie närrisch in der Stube herumzutanzen. Ich hatte Mühe, in dieser menschlichen Haltung auf den Hinterbeinen Schritt zu halten. Um im Gleichgewicht zu bleiben, streckte ich meinen Schwanz ganz steif in die Höhe.

«E cheu se'la cazzola id'o, e nus sesevan el stgir.»
   Shakespeare, King Lear

«Und da ging das Licht aus, und wir saßen im Dunkeln.»
  Shakespeare, King Lear

Ils antenats ein uss tuts, ensemen cun autra glieud, en ina scatla gronda da brissagas da pindel mellen, *Handgemacht · Fatg a mang, Fabbrica Tabacchi Brissago, Gegründet 1847*. Els ein pluna. Els ein buca genesis 3,19 carstgaun ti eis puorla e daventas puspei puorla, els ein sogns da morts. Hartas ein ei, stadas ditg els cudischs d'oraziuns, magias cavegliadas en ina scatla, mischedadas ensemen ch'ei sehanassen nuot sch'ei fussen vivs. Aber las hartas mo las da troccas che zurieschan. Cheu ella scatla ei il mund ner-alvs, dano in per Memorias dalla s. Missiun cun stupentas colurs, stampadas, sco ei stat scret giudem el cantun cursiv, *Cun appr. eccl.*, cun si madonnas ni nossadunnas ni crucifigai fix fertic ni ils retgs en schanuglias avon igl affon e dian quei ch'ei scret giusut cun schnorchels «O liebes Jesulein, Laß stets uns bei dir sein, All' Gnaden sind ja dein, O woll uns gnädig sein». Quella harta havess ins ussa saviu duvrar, da schar naven il scret giusut, sco trocca, lu eventualmein in crucifigau fix e plagas. Lu segir ina immaculata, il tgau in tec schreg, ils egls sur mei o, tschentada sin in zuffernau dragun cun alas, che dat las davosas sin ina glina pleina sc'in mellen d'iev cu i ein in tec verds, e davos la statura dalla dunna senza fuormas il rudi d'in suleglun – ni sei ina hostia? – ordentuorn aunc faleins, lu pli dad aur pli datier da nossadunna ch'el vegn, e sut la glina la mar

Die Vorfahren sind jetzt alle, zusammen mit anderen Leuten, in einer großen Brissago-Schachtel versammelt, Gelbband, *Handgemacht · Fatg a mang, Fabbrica Tabacchi Brissago, Gegründet 1847.* Ein ganzes Bündel. Nicht Genesis 3,19, Mensch du bist Staub und wirst wieder zu Staub werden, sondern Andachtshelgen, Totenbildchen. Spielkartengroß, lange in Gebetbüchern herumgetragen und nun in einer Schachtel versorgt. Bunt durcheinandergemischt, wie sie das im Leben gar nicht geschätzt hätten. Aber streiten können nur Tarockkarten. In dieser Schachtel ist die Welt schwarzweiß, mit Ausnahme von ein paar Andenken an die hl. Mission in flotten Farben, gedruckt, wie es kursiv in der untern rechten Ecke heißt, *Mit kirchl. Druckerl.,* und darauf die Madonnen, Marien, Gekreuzigten, fix und fertig, oder die knienden Könige vor dem Kind samt dem, was sie sagen, im verschnörkelten Spruch darunter: «O liebes Jesulein, Lass stets uns bei Dir sein, All' Gnaden sind ja Dein, O woll uns gnädig sein». Ohne den Spruch darunter wäre das jetzt eine valable Tarockkarte, eventuell auch jener Gekreuzigte. Brauchbar sicher auch die Immaculata mit dem leicht schrägen Kopf, die Augen über mich hinwegblickend, auf einem zerzausten geflügelten Drachen stehend, der seine letzten Zuckungen macht auf einem Mond von der leicht grünlichen Tönung eines zu hart gekochten Eigelbs. Und hinter der Figur der Frau ohne Formen der Kreis einer Riesensonne – oder ist es eine Hostie? –, außenherum matt, und nach innen

ruasseivla ch'ei el tgietschen dalla damaun, in clar-tgietschen ch'ins sa bu sch'el ei in da beaus ni da puccaus. Nua ei Poseidon, pil giavel che tenta?

Lu ina trocca segira, ina explosiun, il niessegner nievnaschiu fol en acziun, che stat ell'aria sur la fossa cun lien mo in batlini smugliau pli, sur las spatlas giu la toga cotschna sgulonta che dat liber la scaffa robusta d'in superman, la plaga dalla lontscha viaden denter las costas, il bratsch dretg sco ils skiunzs cu i ein sil podest e salidan, il det pign ed il det digl ani viults giu, tschels dus ensi sco da tener ina cigaretta, aber senza cigaretta. Il maun seniester cun enta pugn l'asta eleganta, sisum crusch platta e cafanun penderlont che va ora giudem en duas cuas che sgulatschan, sco tier in barlac dano cun vidlunder aunc zocla. L' urdadira dil segner leda, beada culs cavels liungs sco Buffalo Bill, la semeglia aber tagliau giu il tgau il Sepli Campora da Disla. Tut quellas troccas da sogns *cun appr. eccl. ed Imprimatur. + Georgius Epps. Cur.,* ina tumpriva adressa dad e-mail.

Ed ussa las retschas dils sblihi, las Pias Memorias dils singuls ch'ein stai e vegnan mai pli ed jeu mi regordel da Dante.

Lucas Turengia, morts 1915 il schaner ils quitor-

immer leuchtender. Unter dem Mond ein ruhiges Meer im Morgenrot, einem hellen Rot, von dem man nicht so recht weiß, ob es Sünde oder Seligkeit bedeuten soll. Aber wo zum Teufel ist Poseidon?

Dann eine ganz starke Karte, ein todsicherer Stich, eine wahre Explosion: der auferstandene Jesus voll in Aktion, in der Luft über dem Grab stehend, drinnen nur noch ein zerknülltes Leintuch, über den Schultern die rote, flatternde Toga, welche den Blick auf den robusten Brustkasten eines Superman freilässt, die Lanzenwunde zwischen den Rippen. Den rechten Arm hält er wie ein grüßendes Ski-Ass auf dem Podest, der kleine und der Ringfinger sind nach unten gelegt, die andern zeigen nach oben, wie um eine Zigarette zu halten, aber ohne Zigarette. In der Linken der Schaft eines eleganten Kreuzes, von dem eine Fahne herunterhängt, die in zwei flatternden Schwänzen endet, Frackschößen gleich, aber mit Troddeln. Der Ausdruck des Herrn froh, selig, mit langen Haaren wie Buffalo Bill, im Gesicht aber gleicht er dem Sepli Campora aus Disla auf den Tupf. All diese Heiligen-Tarocke mit *eccl. appr. ed Imprimatur. + Georgius Epps. Cur.*: eine frühe E-Mail-Adresse.

Und jetzt die Reihen der Verblichenen seligen Angedenkens, die gewesen sind und nie mehr wiederkommen werden, und ich erinnere mich an Dante.

Lucas Turengia, gestorben 1915 den 15. Jänner, zwischen zwei Lorbeerzweige geklebt, welche das ovale Foto

disch, culaus amiez dua bratscha tschupi ch'ei entuorn la foto ovala, fetg sco'l cranz entagliaus el lenn entuorn la cavazza da tscharva en zuler digl aug Toni. Mira el mund stargliaus e frisaus sco i s'udeva, e sut il nas in barbis aschi lads sco la tschitta ch'el porta entuorn culiez. Suandaus da siat lingias oraziun ed exaudi. Duf Tenner en pietusa memoria, las ureglias lev aviartas encunter mei, la cravatta cun in raster da puncts alvs buca diltut correcta, vul dir lev uiarscha, mira cun egliada sco sch'el vess grad vendiu a mi in cavagl e less dir: L'ei en uorden. Laus Tuor, fabricant, naschius igl avrel, ils ventganov, ils melliotgtschienetschunconta, carissim mariu, bab, tat, sir, quinau ed aug, mira sper mei ora. Jeu vesel il profil d'in um che sa far quen e scuntrar e che ha viu immediat ch'jeu sun buc in um da fatschenta. Babnos e salidada. Lorenz Antoni Demarmels, entuorn el puspei las arbagias sco entuorn il tschierv da dudisch sigl emblem dil digestif Jägermeister, morts en resti da militer dalla grippa spagnola il november novtschieneschotg, mira sut la pala dalla capetscha ora cun l'egliada dil filu. E sut el stat ei scret R.I.P. Duri Barlotta, cul num sco gl'emprem mistral dalla Cadi, ha l'egliada sereina, in nas gries sc'in cazzet. El ha il fotograf tratg giu fotografia lev dalla vart en ch'ins vesa mo ina ureglia. In um che saveva tgei ch'el leva e che veva or ella veta buca di-

umfassen, ganz ähnlich dem Kranz, welcher das Brett mit dem Hirschgeweih im Flur von Onkel Toni ziert. Schaut geputzt und gestriegelt in die Welt, wie es sich gehörte, und unter der Nase ein Schnauz so breit wie die Fliege, die er um den Hals trägt. Folgen sieben Zeilen Gebet und Exaudi. Duf Tenner frommen Gedenkens, leicht abstehende Ohren, die weiß getupfte Krawatte nicht völlig korrekt, will heißen leicht schief, schaut mich an, als ob er mir eben ein Pferd verkauft hätte und sagen wollte: Es ist tadellos. Laus Tuor, Fabrikant, geboren im April, am neunundzwanzigsten, anno achtzehnhundertundfünfzig, teuerster Gatte, Vater, Großvater, Schwiegervater, Schwager und Onkel, blickt an mir vorbei. Ich sehe das Profil eines Mannes, der rechnen und skontieren kann und sofort realisiert hat, dass ich kein Geschäftsmann bin. Vaterunser und Gegrüßtseistdumaria. Lorenz Antoni Demarmels, um ihn wieder der Lorbeerkranz wie um den Zwölfender auf der «Jägermeister»-Etikette, in Uniform gestorben an der Spanischen Grippe im November achtzehn, schaut mit Filou-Blick unter dem Mützenschirm hervor. Und darunter steht geschrieben R. I. P. Duri Barlotta, gleichen Namens wie der erste Landammann der Cadi, hat einen heiteren Blick und eine Nase wie ein Löschhorn. Ihn hat der Fotograf leicht von der Seite aufgenommen, sodass man nur ein Ohr sieht. Ein Mann, der wusste, was er wollte, und der im Leben draußen nicht unbedingt diesen schwarzen Kittel mit Krawatte trug. Schwarz eingerahmt,

spet en tschiep ner e cravatta. Enramaus en rama nera, davostier il psalm tschienvegntgin che tschontscha dils cuolms, ch'igl agid vegni da leu, tenor ina translaziun dalla Vulgata. Biars miran sin mei ord las hartas sco sch'ei vessen da dir enzatgei e san buc, e ston quescher. Aber jeu sai ei, ed jeu sesnueschel: Ils giuvens tratgan che nus seigien sco nus vesein ora. Nus essan las mascradas che la veta bagorda ha fatg orda nus. Mo pops e malspirtai ein diltuttafatg sco i ein. E denter las massas da hartas da sogns neuado vegn ina carta postala. In um en civil, miez tgau blut, sil schui in affon che fa stgavo. Ins vesa ch'igl um ei buca disaus da purtar buobanaglia. Jeu mirel giudem e vesel, hodieus, suttascret dad el sez: Mussolini.

Cheu aud'jeu dalunsch manizzond il tschembalun dalla vegliandra basatta. Vesel Oria che ri, che stat si e che saulta, audel la rassa neraglia che sgola, che sguscha.

rückseitig Psalm hunderteinundzwanzig, der von den Bergen spricht und dass die Hilfe von dort komme, nach einer Übersetzung der Vulgata. Viele blicken aus ihren Bildchen auf mich, als ob sie etwas zu sagen hätten, und können nicht und müssen schweigen. Aber ich weiß, was sie sagen möchten, und mich fröstelt: «Die Jungen denken, dass wir so seien, wie wir aussehen. Aber was du siehst, sind die Maskeraden, die der Karneval des Lebens aus uns gemacht hat. Nur kleine Kinder und Besessene sind ganz so, wie sie sind.» Aus der Masse der Heiligenbildchen guckt eine Postkarte hervor. Ein Mann in Zivil, Halbglatze, auf den Schultern ein winkendes Kind. Der Mann ist sich das Kindertragen sichtlich nicht gewohnt. Ich schaue unten und erblicke, harje, die eigenhändige Unterschrift: Mussolini.

Da höre ich von ferne, wie das Cembalo der Greisin erdröhnt. Sehe Oria, wie sie lacht, sich erhebt, wie sie tanzt, höre den schwarzschwarzen Rock, wie er rauscht und im Fluge sich bauscht.

Anmerkungen des Übersetzers

29 *Pikenträger an der Landsgemeinde:* Die im Jahr 2000 zu Gunsten der geheimen Urnenabstimmung abgeschaffte Landsgemeinde des Kreises Disentis (Cumin dalla Cadi) war ein mit reicher Politfolklore dekorierter Anlass. Sowohl der berittene Landammann (mistral) als auch Figuren wie der Weibel (salter) oder Pikenträger (picher) traten in historischen Uniformen auf.

45 *270er-Kugel:* Auf der Bündner Hochjagd verwendete Jagdpatrone mit dem ungewöhnlich großen Kaliber von 10,3 mm.

77 *ad usum delfini* («zum Gebrauch des Dauphins»): für Schüler bearbeitete Klassikerausgaben, aus denen moralisch und politisch anstößige Stellen entfernt sind.
in maiorem dei gloriam: zum größeren Ruhme Gottes.

79 «*Cur che jeu tras Cuera mavel …*»: «Als durch Chur ich traurig zog …», Zeile aus einem bekannten surselvischen Volkslied.

87 *Voc, scoli:* zu surselvisch vocabulari (Wörterbuch) und scolast (Lehrer).

89 *Tarockspiel:* Länger als im Wallis, im Kanton Freiburg oder im Jura hat sich in Teilen der oberen Surselva das Tarockspiel erhalten. Gespielt wird mit den 78 Karten des «Tarot de Besançon». Die vier Farben (Bâtons/Stäbe, Epées/Schwerter, Coupes/Becher, Deniers/Rosen) haben je König, Königin, Ritter und Bauer und die «leeren» Karten von eins bis zehn. Dazu kommen die 21 Tarocke und der Narr, eine Art Joker. Die 21 Tarocke mit ihren kryptischen Motiven haben im Surselvischen Übernamen, die von Dorf zu Dorf variieren können.

103 *Trunser Tuch:* Solider, rauer, meist grauer oder brauner Wollstoff, welcher in der 2001 geschlossenen Tuch- und Kleiderfabrik von Trun produziert wurde.

131 *Ritter vom Hl. Grab:* Katholischer Orden, dem Kleriker und Laien angehören, sowohl «Ritter» als auch «Damen». Er ist weltweit in 50 «Statthaltereien» gegliedert und hat derzeit rund 20 000 Mitglieder. An der Spitze steht ein vom Papst ernannter «Kardinal Großmeister» mit Amtssitz in Rom.

143 *De profundis:* Beginn von Psalm 129, «Aus der Tiefe rufe ich zu Dir, o Herr...», einst beliebtes Gebet, das oft auch nach den Mahlzeiten gesprochen wurde.

155 *«Hitler-Zeit»:* In der Schweiz wurde die Sommerzeit 1981 auf dem Verordnungsweg eingeführt, nachdem sie in einer Volksabstimmung zuvor abgelehnt worden war. Die «Zeit-Diktatur» wurde anfänglich vor allem in bäuerlichen Kreisen vehement abgelehnt. In Deutschland war die Sommerzeit erstmals unter Adolf Hitler, am 1.4.1940, eingeführt worden.

de statt da: In den frühen sechziger Jahren des letzten Jahrhunderts entbrannte in der Surselva ein erbitterter Streit um die Angleichung der Schreibweise der Präpositionen de und da. Die sog. «Dadaisten» haben gewonnen, aber entschiedene Gegner der Vereinfachung gibt es bis auf den heutigen Tag.

157 *Dei a nus nobis:* Aus dem «Ora pro nobis» (Bitt für uns) der Litaneien formte der surselvische Volksmund den Ausdruck «dar nobis» mit der Bedeutung «jemanden schelten, zurechtweisen».

167 *Onna Maria Tuor-Arpagaus* (Rabius 1863–1948): Wurde von einem mehr als doppelt so alten Mann geschwängert und zur Heirat gezwungen. Erschlug ihren Gatten 1885 in einem Maiensäß in der Val Sumvitg, wofür sie mit 25 Jahren Zuchthaus bestraft wurde. Einziger bekannter Gattenmord mit weiblicher Täterschaft in der Rechtsgeschichte des Kantons Graubünden.
Onna Maria Bühler (Domat/Ems 1774–1854): Wurde wegen ihres handfesten Eingreifens im Franzosenkrieg von 1799 als «Kanonenmaid von Ems» berühmt.

185 *Häschen … geh nach Trun …*: Hasen, surselvisch *«lieurs da Trun»*, ist der Neckname für die Leute von Trun.

203 *Sigisbert in Rätien:* Die Erzählung «Sigisbert im rhätischen Thale» des Disentiser Mönchs Maurus Carnot (1865–1935) thematisiert die Gründung des Klosters Disentis durch den irischen Einsiedler Sigisbert und war jahrzehntelang Pflichtlektüre in den katholischen Volksschulen der Surselva.

205 *Kalifornien in der Val Reintiert:* Im Herbst 2000 fand der einarmige Goldwäscher René Reichmuth in der Val Sumvitg in einem Quarzfelsen über ein Kilogramm Berggold. Es handelt sich um den größten bekannten Schweizer Goldfund.

211 *Placidus a Spescha:* Disentiser Benediktiner (1752–1833), Naturforscher, Historiker, Sprachforscher, Alpinist, Erstbesteiger vieler Bündner Berge. Als Zölibatskritiker, Aufklärer und Anhänger der Französischen Revolution war er in der Surselva eine isoliert-exotische Erscheinung und das Schreckenskind seiner Abtei.

213 *Stevau:* Eigentlich StV, katholische Studentenverbindung. Die Übersetzung der kulturkämpferischen Hymne stammt aus der Feder von G.H.Muoth (vgl. Anm. zu S.251).

233 *Es war am Herz-Mariä-Fest ...*: Es ist in der katholischen Surselva bis heute üblich, zum Kirchweihfest eine grössere Anzahl Verwandte zu einem üppigen Mittagessen einzuladen.

247/351 *Totenbildchen*: In katholischen Gegenden wurde es ab ca. 1880 Brauch, zum Gedenken an verstorbene Familienmitglieder spielkartengrosse Bildchen drucken zu lassen, welche nebst einem Porträt die Lebensdaten der Toten und ein Gebet enthielten und in Gebet- und Kirchengesangbüchern aufbewahrt wurden.

251 *Muoth lesen ...*: Giacun Hasper Muoth (1844–1906), bedeutender rätoromanischer Dichter. Leo Tuor hat zusammen mit Iso Camartin eine 6-bändige historisch-kritische Ausgabe seiner Werke besorgt.

275 *Stai bein, Cadi! Clau Maissen sto fugir.* Leb wohl, Cadi! Clau Maissen muss fliehen. Aus dem einst populären Stück «Clau Maissen, Cumedia sursilvana» von Maurus Carnot.

279 *Tatsch*: Surselvisch *bulzani*, Mehlspeise aus Eiern, Milch, Mehl, Zucker und Rosinen.
Maluns: Bündner Gericht aus gekochten, geriebenen Kartoffeln, die mit Mehl vermischt in Butter geröstet werden.

291 «*Was taugt dein Arm ...*»: Aus «*Il cumin d'Ursera*» (Die Landsgemeinde von Ursern), Epos von G.H. Muoth (vgl. Anm. zu S. 251).

307 *Beverin*: Psychiatrische Klinik bei Cazis.

311 *Rätoromanische Chrestomathie*: 15-bändige Sammlung von Texten aller bündnerromanischen Idiome, wurde vom Kulturhistoriker und Politiker Caspar Decurtins (1855–1916) aus Trun herausgegeben und enthält u.a. auch eine Sammlung von Kinderreimen.

325 *Quamvis ...*: «Wiewohl unter Wasser, setzen sie unverschämt unter Wasser ihr quäkendes Quengeln noch fort.» Ovids berühmter Quakvers auf die Unverschämtheit der lykischen Bauern. (Metamorphosen IV 376, Übersetzung G. Fink).

327 *Placidus*: Der bekehrte einheimische Adelige tat sich mit dem heiligen Sigisbert (vgl. Anm. zu S. 203) zusammen und wurde deswegen enthauptet. Er trug seinen Kopf zum Standort der künftigen Abtei.
Sontget: Wegkapelle am östlichen Eingang von Disentis, die dem Dorfteil den Namen gab, nun aber einer Strassenverbreiterung gewichen ist.

339 «*Ich stand am hohen Strande*»: Vier Zeilen aus dem Gedicht «Sper la mar/Am Meer» des Rabiuser Schriftstellers Alfons Tuor (1871–1904).

Die Passagen aus Moby Dick wurden den Übersetzungen von Fritz Güttinger (S. 49) und Friedhelm Rathjen (S. 206/208) entnommen, diejenige aus «Des Kaisers letzte Insel. Napoleon auf Sankt Helena» von Julia Blackburn hat Isabella König übersetzt, das Zitat aus dem 1. Buch Mose entstammt der Übersetzung von Martin Buber und Franz Rosenzweig, Puschkins Gabrielade wird in der Übersetzung von August Plantener zitiert.

Der Autor

Leo Tuor, geboren 1959, wuchs in Rabius und Disentis auf, studierte Philosophie, Geschichte und Literatur in Zürich, Fribourg und Berlin. Neben der Surselver Trilogie mit «Giacumbert Nau», «Die Wölfin» und «Settembrini» sind im Limmat Verlag seine Erzählung «Cavrein» sowie die Geschichten- und Essaysammlung «Auf der Suche nach dem verlorenen Schnee» lieferbar. Leo Tuors Werk wurde vielfach ausgezeichnet.

Um die Welt der Wölfin erstehen zu lassen, besuchte der Autor u.a. folgende Werke aus der Bibliothek seines Großvaters: Tania Blixens Afrika, Yoko Tawadas Europa, General Marbots Memoiren, Patrick Rambauds Schlacht, Sloterdijks Zynische Vernunft II: IV. Historisches Hauptstück, Javier Marías' Ironische Halbporträts, Rolf-Dietrich Keils Puschkin, Reich-Ranickis Leben, das Handwörterbuch des Deutschen Aberglaubens. Zitate sind an den Guillemets zu erkennen. Die Idee für dieses Buch gab ein zauberhaftes Büchlein über die Dichter von Madrid, ein literarischer Streifzug durch Cafés und Bars von Werner Herzog, den der Autor daselbst nach einem Stierkampf im Jahre 2000 traf. – Diesen geduldigen Werken und ihren Autoren sei gedankt.

Der Übersetzer

Peter Egloff, 1950 geboren, lebt als freier Journalist in Zürich und Sumvitg. Autor und Herausgeber mehrerer Bücher zu Graubünden und zur Surselva, zuletzt «Der Bischof als Druide». Im Limmat Verlag ist «Die Kirche im Gletscher/La baselgia el glatscher» lieferbar. Seine Übersetzung von Leo Tuors «Giacumbert Nau» wurde vom Kanton Zürich mit einem Anerkennungspreis ausgezeichnet, die Übersetzung von «Settembrini» war für den Paul-Celan-Übersetzerpreis nominiert.

Leo Tuor
Cavrein
Erzählung

Was sind die Berge? Was ist ein Bergtal? Ein Berg mit seinen Hängen, seinen Felsen, Geröllhalden, Bergnasen, Tobeln und Winkeln?

Leo Tuor erzählt vom Scheitern eines Jägers und seiner Begleiter in der rauen Landschaft von Cavrein. In der feuchten, kleinen Hütte mit dem rauchenden Herd verstauen sie ihren Zweiwochenproviant, brechen morgens in der Dunkelheit auf, steigen über Alpweiden und Sümpfe, liegen speckkauend in den Felsen, spionieren mit Feldstechern die Bergflanken ab, schleichen über Geröllhalden und Felsbänder, stolpern über die Ruinen der Hütte, von der aus Placidus Spescha den Tödi oder doch besser den Piz Russein in Angriff nahm, über Tutenchamon und das Kloster Disentis, über Reminiszenzen einer umfassenden Lektüre über Berge, Tiere, Tod und Literatur von Plinius bis Wittgenstein, von Dante bis Malaparte. Und über Raskolnikow. Denn «ob eine Literatur etwas taugt oder nicht, lässt sich daran erkennen, dass man ihren Figuren im Leben wieder begegnet».

«Keiner schreibt schöner über Berge, Steinböcke und die Böcke, die die Jagdverwaltung schießt. Literatur ohne Knalleffekte; klein, fein und listig.» *Literarischer Monat*

«Ein einzigartiges Werk.» *Wild und Hund*

www.limmatverlag.ch

Leo Tuor
Auf der Suche nach dem verlorenen Schnee
Erzählungen und Essays

Nicht nur seine Romane spielen in den Bergen, mit dem Leben in den Bergen hat sich Leo Tuor immer auch essayistisch auseinandergesetzt. Seine Berge, das ist die Surselva, wo Leo Tuor lebt. Das ist der Rhein, oder besser: sind die Rheine, denn am Anfang sind es zwei. Das sind die Alp, der Winter, die Lawine. Die Lawine, die einst Verhängnis war und jetzt zur Quelle von Subventionen und Medienereignissen geworden ist. Der Gletscher, der zum See geworden ist. Er schreibt über die Bergler, deren Element mehr der Stein ist als das Wasser, die entweder schweigen oder schwatzhaft sind wie Tassen. Er schreibt über ihr Leben mit Geistern, Heiligen und Tieren, über das Schwein im Pferch, die Kühe, die Schafe auf der Alp und den Hund, den Wolf, über das Wild und deren ausgekochten Schädel an der Stallwand der Jäger. Er schreibt über die Touristen, die die Landschaft fotografieren und dem Jäger böse Blicke zuwerfen, wenn er mit der Flinte unterwegs ist. Leo Tuors Texte sind immer prägnant und von erfrischendem Humor, einzelne wie «Vom Schafe hüten» sind bereits Kult und in mehrere Sprachen übersetzt worden.

«Man liest mit Freude, was Leo Tuor über Berge, Surselver, Literaten, Schafe, Wölfe oder Touristen schreibt. Vorzüglich.» *NZZ am Sonntag*

www.limmatverlag.ch

Leo Tuor
Settembrini
Leben und Meinungen
Roman

Wie Giacumbert Nau und Pieder Paul Tumera ist der Jäger Settembrini jemand, der an Geschichten glaubt statt an Gesetze. Er ist mit Geistern im Bunde und für jede Lebenslage mit einem Zitat bewaffnet.

Settembrini werden die Zwillinge Gion Battesta Levy und Gion Evangelist Silvester genannt, wenn sie allein unterwegs sind. Denn keiner kann sie unterscheiden.

So besteht «Settembrini» mal aus einem, mal aus zwei Onkeln des Erzählers, sie sind seine Lehrmeister, Jäger in den Alpen, die der Gemse auflauern und die Weltliteratur nach Sinn und Wesen der Jagd durchpirschen. Mit ihrem geballten Fachwissen über Gemsen und Bücher überschütten sie ihren Zögling, der damit alsbald an der Jagdprüfung brilliert.

«Dieses Buch ist eine subtile Meditation über das Töten und eine stille Hommage an die Toten, ein Hymnus auf das Leben und die Literatur, schließlich eine Verneigung vor den Epiphanien der Imagination, die all dies erst möglich macht.» *Neue Zürcher Zeitung*

«Settembrini ist ein erstaunliches, angenehm selbstbewusstes Buch, die Übersetzung ist mit den Ramuz-Übersetzungen von Hanno Helbling zu vergleichen: absolut preiswürdig.» *Frankfurter Allgemeine Zeitung*

www.limmatverlag.ch

Leo Tuor
Giacumbert Nau
*Cudisch e remarcas da sia veta menada /
Bemerkungen zu seinem Leben*
Roman

«Giacumbert Nau» ist ein Hirtenroman ohne Idylle. Sein Bett ist zu kurz, der Bach hat keinen Steg. Giacumbert flickt das Fenster mit Plastik und verflucht die Gemeinde, die Bauern. Giacumbert freut sich an der Prozession der Schafe und schimpft auf den Schafstrott der Menschen. Giacumbert liebt die Natur, den tröstlich-behäbigen Coroi, die rauschenden Bäche. Und er hat zu kämpfen mit ihr. Das Gewitter wütet im Fels, aus dem Greina-Nebel tauchen böse Bilder auf.

Trotzig einsam ist Giacumbert. Er hütet die Tiere und krault seinen Hund, die kluge Diabola. Erinnerungen suchen ihn heim an Albertina mit ihrem dunkelgelben Duft nach Safran, deren Haut bitter schmeckt wie das Salz der Erde und die einen anderen geheiratet hat.

«Giacumbert Nau» ist ein Buch voller Poesie und Kraft, Wut und Zärtlichkeit – und ein Gesang auf das Liebespaar Giacumbert und Albertina.

«Auch ‹Giacumbert Nau› hat seine Wandlungen erfahren, und gerade daran erweist sich seine ungeheure und ungebrochene Wucht. Das Buch mag wohl aus einem Geist der politischen Rebellion heraus entstanden sein, doch hat es sich seine Sprengkraft auch über den unmittelbaren Anlass hinaus bewahrt.» *Neue Zürcher Zeitung*

www.limmatverlag.ch

Für einen Druckkostenzuschuss dankt der Verlag
«swisslos & Kulturförderung Graubünden» sowie dem GBK
Beitragsfond.

Im Internet
Informationen zu Autorinnen und Autoren
Materialien zu Büchern
Hinweise auf Veranstaltungen
Schreiben Sie uns Ihre Meinung zu diesem Buch
www.limmatverlag.ch

Das *wandelbare Verlagsjahreslogo* auf Seite 1 zeigt Kekinowin-Zeichen der nordamerikanischen Ojibwa-Indianer. Die Ideogramme sind mit Gedanken und Ideen verknüpft, die das gesamte kulturelle Leben der Indianer umfassen. Die Zeichen sind reine Gedächtnisstützen, um Dinge aus der Erinnerung abrufen zu können wie Überlieferungen, Zeremonien, Rituale, Gesänge, Tänze, Zaubersprüche und dergleichen, hier: «Geist des blauen Himmels».

Der Limmat Verlag wird vom Bundesamt für Kultur mit einem Strukturbeitrag für die Jahre 2016–2020 unterstützt.

Die Umschlagfotografie stammt von Nathalie Bissig aus der Serie «Dall'Alto», www.bissig.cc
Typographie und Umschlaggestaltung von Trix Krebs

Die Erstausgabe mit dem Titel «Onna Maria Tumera ni Ils antenats» erschien 2002 beim Octopus Verlag in Chur. Die deutsche Erstausgabe erschien 2004 unter dem Titel «Onna Maria Tumera oder Die Vorfahren». Beide wurden für die vorliegende Ausgabe überarbeitet und ergänzt.

© 2004/2019 by Limmat Verlag, Zürich
ISBN 978-3-85791-869-8